U0068616

小千世界

ト一 著

推薦序

　　卜一兄的新書「小千世界」頗不同於他以往的所有著作，他寫這本書不需要檢索史料，也與尋幽訪勝無關，但相同的是都需要他的生花妙筆。書中處處看到他淵博的知識、敏銳的觀察、超人的記憶、和深入的思考。先說淵博的知識，這本書的名字「小千世界」就讓我又開了一次眼界，原來這不是玩笑話，在佛語中除了「大千世界」，還真有「中千世界」和「小千世界」，這不就是至大無外、至小無內嗎？卜一兄學問之廣讓我這幾十年的老朋友也為之驚歎！在這本書中，無論是餵鴨還是垂釣，都是長時間用心觀察和思考所獲的心得。卜一兄悲天憫人，仁民而愛物的心思時時流露在他的筆下，所以這本書並不是消閒之餘的遊戲之作。

　　寫書需要毅力，把多年的觀察和思考，理出頭緒再付諸文字，是一個不小的工程。這除了娛己，更是盡「一個知識份子應盡的責任」（這是北大張注洪教授對卜一兄的勉勵，見「山海探穹」前言）。他請我替這本書寫序，我十分惶恐。但想到卜一兄對他的鴨朋友愛護備至，祇要他在休斯頓，即使是2017年哈維風災後道路被水淹沒，他也每天去看望他的鴨朋友和其他水鳥，既饗以美食，又加以點閱。我被他的愛心和恆心感動，遵命寫序，也表示我的敬意。

　　寫序的人大凡都會交待和作者的淵源，這關係愈久愈好，愈能顯示兩人惺惺相惜。我見賢思齊，也來談談卜一兄

和我的淵源，這可以從我們的成長過程說起，我們的成長有三個階段和這本書的內容有關。第一個階段叫做「新店溪時期」，卜一兄和我年齡相仿，在初中少年時期，我們雖然還不相識，但有「共嬉新店溪」之緣。那時卜一兄已在台北近川端橋（後稱中正橋）的新店溪中練成游泳高手，他也曾騎自行車載著家中的大鵝小鵝去溪邊草地請它們野餐（見「古道拾遺」中永遠不變的新店溪流水）。我呢也在那段新店溪邊涉水釣幾寸長，貼在水底石頭上的「鰕虎」，這種小魚的學名我還是幾十年後才知道的。那時我家養了一隻鴨與一隻鵝，它們從小一起長大，每天形影不離，現在知道禽類有「銘記現象」（Imprinting，請見後述）。這段時期或許養成我們日後對餵鴨、看鳥、和釣魚的喜愛。

第二個階段叫做「台大求學時期」。卜一兄和我同時在台大求學，卜一兄讀機械工程，我學植物病理，我們仍不相識。不過他的賢妻是我的大學同班同學，使卜一兄和我日後見面時一見如故。他們倆都是台大登山社的社友，兩人翻山越嶺、餐風宿露不以為苦。經過這番共同考驗，他們在徜徉於新生南路嫩綠的柳條下、嫣紅粉白的杜鵑花叢間時（見「山海探穹」中瑠公圳對開發臺灣的貢獻），就可以放心做生涯規劃和夢想日後一同周遊世界了。這個夢想果然實現，他們不論是遊覽舒適的都市，還是艱苦的鄉野，兩人都是好伴侶。卜一兄的遊記有賢妻替照片增色，出書前有賢妻為他「校對並提供建議」，令人稱羨，也讓我這老同學覺得與有榮焉。

從六十年代後期到今天是卜一兄和我在美國從讀書、成

家、立業、到享受退休生活的階段，這段日子有一個高潮，可以稱作「出門說英文，回家寫中文的歲月」。卜一兄賢伉儷在七十年代初從人文薈萃的美國東北部搬到綠野千里的中西部繼續深造，我們同在普渡（Purdue）大學時，釣魚是許多同學課餘的一大樂趣，卜一兄那時祇偶一為之，那與幾十年後我們在湖海之上垂釣屬於不同的境界。畢業後，我們各奔東西，過著說英文、寫英文、以專業取勝的日子。2006年我們在休斯頓重聚時，卜一兄已經從石油工業功成身退，開始用中文寫作，他選題之廣、見解之精，令人讚嘆。幾年後，我見賢思齊，也開始用中文寫作，但題材與所學不遠，主要是為了普及正確的健康知識，和卜一兄的寫作不可同日而語。

近年來，卜一兄和我常討論的一個題目是人類的演化和遷徙，特別是中國各種族的祖先是從那裡來的這個問題，但是缺乏科學根據來作推論。現在可以利用基因體分析（Genome analysis，就是分析全部染色體上的鹽基排序）來比較中國現代人和幾種中國古人類以及猿人的關係，也許在幾年後，我們就知道倒底是「非州起源說」還是「多地區起源說」更能解釋中國現代人的演化史。如果屬於後者，也可能看出現代中國人的基因中有多少來自那些古人類。

另外一個話題和這本新書有關，卜一兄對他家附近湖上的鴨朋友已經餵養和觀察了好幾年了，我常聽到他描述和鴨子互動的情形，很被他的認真態度所感動，現在從文字和圖片中才真正瞭解到卜一兄在做這些事情的時候，下的功夫是多麼的深。這些受卜一兄照顧的鴨子真是前世修來的福氣。

牠們之中，有的比較不怕人，餵食時會來到他身邊，卜一兄替牠們起了名字。也有受了傷的，卜一兄就給牠們特別的照顧。有別的水鳥、魚、和四足動物來爭奪食物，卜一兄也多餵一點，讓牠們分享。當小鴨子的數目減少時，卜一兄很覺得不捨，擔心牠們是被其他動物吃掉了。當季節變換時，過境的候鳥也來到湖上，這時發生了一個有趣的問題，曾有一隻翅膀受傷的候鳥在湖上留下來融入了鴨群，當同種的候鳥再來時，牠們會互相認得嗎？受過傷的那隻候鳥會被回來的同類接納嗎？這都是讓卜一兄思考的問題，而這些問題都屬於「動物行為學」（Ethology）的範疇。

對生物學不太熟悉的人或許會以為「動物行為學」是一個冷僻的學科，也可能以為鳥類的行為祇會出現在公冶長的故事或是伊索寓言中，或者祇是記錄自然的影片中的一個有趣題材。其實「動物行為學」已是廿一世紀的一門顯學，人類行為學屬於動物行為學的範圍內，人或動物的一些行為有共通性，研究動物的攻擊性、溝通方式、群體的構成、和在群體中的行為有助於瞭解人在群體中可能感受的壓力，可以幫助高血壓和心血管疾病的防治。從對動物行為的研究可以幫助瞭解人與人之間的衝突為何發生和如何化解，這和戰爭與和平有十分密切的關係。

現在回頭看看，當卜一兄和我兩家四口都在普渡大學讀書的1973年，正是「動物行為學」被科學界公認為重要學問的年份。那一年，諾貝爾生理或醫學獎發給了三位分別研究蜜蜂、魚、和鳥類行為的科學家。其中研究鳥類行為的康拉德‧洛倫茲（Konrad Lorenz）從對鵝和雞的觀察和實驗中

歸納出了「銘記現象，或稱印痕」（Imprinting）。「銘記現象」說明動物在極幼小時（雛鳥在出殼後的前幾天，人類幼兒在十八個月至三歲之間）會對周圍的某些事物留下終身不忘的印象，在鵝或雞這些鳥類中，這種印象使它們認得同類，長大後才能成功求偶以繁衍後代。卜一兄觀察的鴨子或候鳥的一些行為大概和銘記現象有關，也有些大概和「固定行為型態」（Fixed action patterns；例如母鳥因為雛鳥嘴巴的動作而吐出胃中食物來育雛）有關。卜一兄開始和鴨子做朋友時或許沒有想到他正走進一個重要的科學領域，研究動物行為學的專家可能從這本書中得到一些啟發。

在這本書的上篇，第一到第四章講的是這幾年來，卜一兄在湖邊晨昏與禽鳥魚鱉相處的故事，可說已經進入鳥類心理學的範圍，而且圖文並茂，是中英文書籍中都少見之作。第五章所描述的是「周邊」動物，包羅之廣令我稱奇。在一個天天有人活動的高爾夫球場周圍，如果不用心觀察，大概不會認出這麼多種動物，牠們有的是這個小千世界的原住民，如烏龜和松鼠。有的是過客，如埃及雁。也有令人類頭痛的新遷入者，如火紅蟻。卜一兄拍攝了這些動物，書中是他精選的照片，與文字相得益彰。一些鳥類的照片特別令我驚艷。卜一兄是工程師，果然把許多動物的重要數據，如身體長短輕重，壽命長短，都加以說明。像北美負鼠、松鼠、和浣熊是美國常見的動物，我看了這本書，才注意到北美負鼠可以長到那麼大，而這幾種動物的壽命又都那麼短。這些動物的行為特徵能一代代長期保持，可見遺傳和銘記現象的影響之鉅。

　　這本書的下篇「我的釣魚生涯」共三章廿九篇，其中有技術性的釣魚指南，有寫景的文字，也有充滿哲理的故事。在「德州河釣」和「德州海釣」那兩章（第六、第七章），可以看到卜一兄自己精力十足，他起早摸黑再加上南征北討的豐碩成果都有照片為證。那幾篇描寫人物的文字：「山村野人 - Joel」、「Mr. H」、「瞎子釣魚」和「Mr. M與午夜驚魂」都充分發揮了卜一兄說故事的本事。從對這幾個人的描寫，使我們又看到人的性格有光明面，也有黑暗面，也看到有些人即使沒有豐富的物質也能快樂和滿足，但願他們的家人也感到快樂和滿足。

　　釣魚的人常常不願與人分享附近魚窩的所在，卜一兄不但詳細的告訴大家休斯頓周圍適於釣魚的地方，也說明天氣、水流、和時間對魚獲的影響，住在休斯頓的讀者真是有福了。在第八章裡，卜一兄介紹在「世界其他各地釣魚」，遊阿拉斯加是以釣魚為主，在其他各地釣魚則大都是旅遊時的隨興活動。釣客對釣法和地點沒有太多選擇，對天候和海象也多憑運氣，可是要把上鉤的大魚拉上船來仍然需要體力和技巧。且看卜一兄在阿拉斯加釣大比目魚，所用的鉛錘就有一磅半重，放出兩百英尺長的釣線到海底，一旦幾十磅重的大比目魚上鉤，那扁平的魚身在水中扭動時阻力極大，要從海底把這種大魚拉上船，確實要很好的體力，可用以證明是大丈夫。

　　喜愛釣魚的人通常覺得當魚兒上鉤，那收線的過程是最令人興奮的時刻。但是卜一兄經過多年的探索和思考，卻悟出了更高一層的道理，那就是垂釣時的等待與希望是最可

貴的。我們讀「小千世界」不但享受到卜一兄引人入勝的故事，而且可以從他們賢伉儷拍攝的生動照片中領會到那些小動物的可愛，以及人類對環境保護和物種保育的責任。非常感謝卜一兄的愛心使這些小世界更美好，也感謝他的毅力把他從中得到的樂趣和悟出的道理付之於書。我們期待在他的下一本書中讀到更多令人驚喜，也發人深省的故事。

陳建新

維州理工大學生物化學系退休教授

Virginia Polytechnic Institute and State University,

a.k.a. *Virginia Tech*

自序

　　這本書首篇簡述了我探索到的兩個「小千世界」。首篇描寫我在村子裡與禽獸魚鱉相處有年，在這千餘個春暖秋涼、冬寒夏炎的日子裡，我觀察、欣賞、體驗、細思這些生靈的新生老去、喜好厭惡、歡樂憂懼、悲歡離合，不斷地被他們珍惜生命、熱愛生活、鍥而不捨、努力求進的精神感動，也令我學習到許多情緣、天道與事理，深深體驗到：萬物靜觀皆自得、有序；生命可貴、生活匪懈、喜怒哀怨、悲歡離合，禽獸魚鱉與人同；處禽獸、魚鱉與治政、安民無異：足食、足兵、立信為本！

　　次篇講敘我從一個偶然的機會開啟了釣魚生涯。十多年來我在家附近的神秘小溪、江河之上、墨西哥海灣之濱、深海旅途，以及遠及大西、太平、印度三洋各地的垂釣、探索、經歷與喜樂。這份生涯深深令我體驗到等待與希望之可貴，這也帶個我對人生最可貴的啟示。

　　老友陳建新教授從事生物研究數十年，成果斐然、貢獻卓越。在我撰寫本書中，他給予大力的協助、指正，提供了寶貴的建議，並對文辭做了修正；老妻也對書中資料及文字做了大量的更正；傅承山先生為本書封面題字，傅東鈞先生費心整理；杜國維先生負責編輯，楊家齊先生圖文排版，蔡瑋筠小姐設計封面，使本書的檔次得以提升，特此致謝！

卜一

2018年3月4日於美國休斯頓

楔子

　　佛陀釋迦牟尼的宇宙觀認為一千個小世界組成一個「小千世界」；一千個「小千世界」又組成一個「中千世界」；一千個「中千世界」再組成一個「大千世界」；而宇宙則是由無數無量的「大千世界」組成。所以宇宙是廣大無邊、無窮無盡的。

　　我登山涉水、暢遊七大洲，觀中外古跡乃知千百年興替；探地質、山海而知億萬年變遷；天涯海角舉首望日月星辰，始覺宇宙之無極限、難尋！人生暫短，如白駒之過長隙，未及滄海之一粟；世態紛乘，芸芸眾生，我何所歸？

　　但我認為每一個人都應該，也可以找到自己的「小千世界」，得以欣慰自得！

　　退休以來，年事漸長，一生的求學、謀生、養兒、育女，奮發、浮沉均成過往，功名利祿已逝；成敗憂喜早空。閑來無事，居然探索到兩起「小千世界」：一為「與禽獸魚鱉為伍」，二為「我的釣魚生涯」。我在其中領略到生命之可貴、生活之多姿、也體驗到天、地、人之大道。

　　謹在本書中與讀者分享這兩個「小千世界」，並敬請指正！

CONTENTS

下篇：我的釣魚生涯

上篇：與禽獸魚鱉為伍

　　我住的村裡有個高爾夫球場，其中有一個面積不小的半人工湖。無論春暖秋涼、夏炎冬寒，我總是於黃昏之際沿湖漫步，小橋流水、老樹倒影、青蔥連天、夕陽晚霞、日落月起，徜徉其間，悠然自得。

　　環湖漫步一圈約一小時光景，除了自然景色，也遇到不少生趣盎然的禽、獸、魚、鱉。久之我與牠們成了朋友，每當黃昏之際，我總是帶著小米、高粱、玉米、麵包及魚頭、魚肚去餵牠們；牠們也總是欣然地等著我的到來。

　　兩三年來我細心地觀察、努力地思考，也做了一系列的研究，領會、學習到許多情緣、天道與事理，深深體驗到：

　　（1）萬物靜觀皆自得、有序；
　　（2）生命可貴、生活匪懈、喜怒哀怨、悲歡離合，禽獸魚鱉與人同；
　　（3）處禽獸、魚鱉與治政、安民無異：足食、足兵、立信為本！

第一章：鴨子

▌鴨子

　　這個湖泊與其周遭的草原可謂一「小千世界」，這裡生活的傢伙可真不少，其中最為引人注目的是鴨子。因為社區管理人員為了美化環境，放養了一些鴨子，讓其自生自長。

　　經過多年的混種、繁衍，這些形形色色、大大小小的鴨子們就有如穿著各異的孩子，有黑色、白色、黑白花色、淺褐色、深褐色、褐花色、灰色、灰白色、藍白色等等；分成好幾個集團在大湖不同的地方聚集，有時也到高爾夫球場中間的小湖泊棲息。

　　每年初春開始就會有一批批剛從蛋孵化出來的鴨仔跟隨著母鴨，或在草地上試著覓食，或在湖水中蕩漾。牠們是天生的游泳好手，一生下來就能在水中用蹼划水，來去自如；但是覓食還有一個過程，最初只能跟著母鴨在草叢中找些細小、柔軟的小草或小蟲，但幾天之後就能學會吃較硬或不同的其他食物。

▋鴨群

家鴨

　　家鴨（Domestic ducks）大略分為馴化的野鴨——綠頭鴨（Mallard）、番鴨（Muscovy duck）、斑嘴鴨（Eastern Spot-billed Duck）及其混種。家鴨體型較野鴨大，是生活在水中或陸地的兩棲動物，但不能在水中待太久。

　　牠們以水中的小動物（魚、蝦、泥鰍、小蟲等），植物（水草、稗子、稻子等）為食。我也常見牠們在下雨後去挖草根，大概是找小蟲、蚯蚓吃。然與天鵝和雁不同，體型較小，羽毛較短，因被人類馴養後失去了遷徙的遠程飛翔能力，飛行距離有限；而且不像天鵝和雁有固定的配偶。

　　一般鴨子能活6到8年，也有的鴨子壽命可達25年，據說最老的鴨子曾活了快50年。鴨子的眼睛有360度視角，不用轉頭就可以看到身後。三國演義中記載司馬懿有狼顧之相，能看到背後的東西。看來鴨子比司馬懿還厲害。

三區、大湖、小湖

我們村裡的湖是個半人工湖，長約一公里，寬兩到四百米，曲曲折折，慢慢走一圈約一小時。而湖邊附近的高爾夫球的洞口（Putting Green）旁大多會有一些人工小湖。大湖與小湖畔乃是鴨群聚集、夜晚就寢之所。

鴨子散居在各處，但也經常集中在幾個地方，我將其分為「東區」、「中區」及「西區」三大區域。

東區位於村內馬路邊，第十七洞的發球台（Teeing Ground）附近，旁邊沒有小湖。因接近住家，常會有散步的村民帶著孩子來餵食，但都是隨興而來，沒有固定的時日。以前有兩位老太婆經常開車到東區，其中一位可能行動不太方便，只坐在車內觀看，另一位走下車灑下大量穀子，就揚長而去。最近很少見到她們，據說那位總是坐在車內的老婦人九十多歲，健康情形不行了。久之這裡聚集許多鴨子，還有幾隻鵝。

中區是大湖邊的的一個小停車場，離第一洞口、第九洞口旁的兩個小湖不遠，那幾處的鴨子常聚集在大湖邊等人餵食。

西區則是在大湖的最西端，那裡在第十洞的發球台旁，有個小湖，成為鴨子聚集之所。也許牠們自己之間「爭相走告」，每當黃昏時際我開車到各區定點時，牠們幾乎都在那恭候，迎接大餐。

上：東區
中：中區
下：西區

繼往開來的新生命

　　每到初春時際就可見到一窩窩的小鴨出世。這些小鴨均是毛茸茸、淡黃色，偶帶一點黑斑，非常可愛。出世第一天就會游泳，頭幾天跟著母親在草叢中覓食，還搞不清楚什麼可吃、什麼不可吃。我餵牠們穀類、鳥食或麵包，起先牠們不大會吃，但兩三天後就開始搶著爭食。牠們的學習加之本能很厲害，提供了牠們求生的基本條件。

　　前幾年我在湖邊散步，每當見到出生的小鴨總是喜愛非常。每隔一兩天都會去看牠們，但發現小鴨的數目總是不斷減少，有時一窩過不久就精光了。前年（2016年）我仔細觀察，總共見到六七窩，幾乎每天都有減員，最後只剩下中區的四隻。這四隻小鴨的母親顯然比較機靈，知道如何保護兒女。每當我到中區，就可見到百多米外的母親帶著四個小傢伙，一搖一晃地跑來，牠們的母子之情與為生活奮鬥的真摯令我感動不已。

　　到底什麼原因造成小鴨子的死亡？我做了一系列的探討，有先天不足、營養不良、疾病與天敵等等，其中以天敵居多。一般吃小鴨子的有老鷹、鱷魚、浣熊（racoon）、烏龜、蛇及其他野獸。我們湖邊老鷹、鱷魚、浣熊都很少見到，蛇類也只有少量水蛇，所以主要就是烏龜了。這裡的烏龜有兩種，一種是普通烏龜，一種是鱉。我發現普通烏龜較溫和，而鱉則較兇猛。有一次親眼見到一隻大鱉上岸作攻擊

小鴨狀，是以我認為這裡的小鴨子大多是被鱉吃丟了。動物相食是天道常理，每種動物從幼小要長大成熟都是要經歷種種危難，也必須不斷奮鬥！

去年（2017年）風調雨順，出生的小鴨一批又一批，直到仲夏共有十三四窩。最多的一窩有十六隻，最少的只有孤零零的一個。幼鴨總數超過130隻，但長成的僅有五六十隻。其中最好的一窩，原來有十六隻，結果有十三隻長成；最糟的一窩原有十一隻，最後一個也沒留下。總體來說，存活率達到百分之四十多，較一般要高得多。我想我也作出了貢獻。

今年一月底農曆大寒剛過後幾天，我突然見到有三隻新生的小鴨，這是以往從來沒有發生過的。一般都是到三月農曆驚蟄之後才見到初生幼鴨。其中兩隻黑色，一隻黃色，十分可愛。他們跟著母鴨，擠在鴨群中爭著吃鳥食。但過了一天少了一隻，又過兩天只剩那隻黃色的。又沒幾天就都不見了。這個時際鱉還在冬眠，我推測牠們是不耐冬季的風寒而無法生存的。

上：繼往開來的新生命——幼鴨
下：一月底早生的三隻小鴨，不
　　幸都沒能存活

上：幼鴨游泳
中：幼鴨排隊
下．幼鴨進餐

小千世界鴨群百餘

　　我們這個湖邊「小千世界」的鴨子眾生到底有多少？前幾年我沒有特別注意，一方面是鴨子散居各處，走動也多，加之時有減員、新生，難做統計。前年（2016年）我開始仔細觀察，而牠們也逐漸按時集合來吃我的大餐，有利於統計。那個秋季大致有六七十隻。

　　前年只有四隻小鴨倖存、長大，新生很少。到去年初春統計，總共只剩五十多隻。也許是老、病、散失、意外不免，加之年初兩度氣溫急降到華氏二十多度，產生約20%的減員。到開春以後，風調雨順（直到八月淹水），如上節所敘，小鴨有五十多隻長大，可以說是翻了一番，現總共達到約110隻：東區50、中區30、西區30。

　　我有時在想，如果今年再翻一番，會不會產生「鴨口問題」，恐怕到時村裡的管理員就會找我抱怨了。這「馬爾塞斯鴨口論」還得考慮，不能像當年毛主席批馬寅初一樣，一不注意就弄出了十四億人，不好辦了！鴨子太多，肯定也是不好辦的！

鴨、鵝、雞、鳥的消化系統

鴨、鵝、雞、鳥都是「無齒之輩」，他們沒有牙齒，吃東西豈止「狼吞虎嚥」，根本就是「生吞活奪」。

但牠們除了鵝之外，都在頸部下方有一個嗉囊（Crop），吞下的食物先儲存在裡面。然後經過食道進到胃（True Stomach、Proventiculus），胃壁分泌各種消化酵素把食物分解。接著進入砂囊，也就是胗（Gizzard）。這個胗皮很厚，吃下的食物在其中磨碎。

往往牠們還要吃一些沙子，進入胗裡摩擦、打碎堅硬的食物。磨碎的食物可以倒流回胃裡，進行化學分解，這過程可以重複進行。

尋找最佳餵牠們的東西

我們村子裡散步的居民和孩子經常零星地去餵鴨子，大多是餵麵包，以前有兩位年紀很大的老太婆去餵牠們穀類，當然也有人餵其他的食物。但固定每天到各處去餵的僅我一個人。

到底餵什麼最好，最經濟實惠？我做了不少研究，跑了不少各種店，試了好些方法，也向專家請教過。牠們非常喜歡麵包，其實麵包就是穀類磨粉而成的，但牠們的消化系統習於堅硬的穀類，反倒對精密加工過的細柔成品並不太適應。吃少許沒有關係，如以麵包為主食，則嘴部會被塞住（嗆到了）以及引起胃腸不適。譬如他們對印度人常灑的米飯、麵條就不大有興趣。

還有些因為牠們在這湖邊養成的習性，譬如有的葷食牠們不吃。以前我小時在臺灣餵鴨子吃西瓜，牠們搶著吃，把西瓜皮都吃下肚了。在這我給牠們上好的西瓜，卻無鴨問津。

我到專賣家畜、玩物飼料的連鎖店，他們推薦了一兩種相當昂貴的多種穀類、營養品混合的飼料。未料拿去餵鴨子、鵝和鳥，結果牠們見而不吃，毫無興趣。使我憶起鄧小平曾說的「實踐是檢驗真理的唯一標準！」還是自己下功夫，從實踐中找出路子吧。

有一天我到Academy Sports + Outdoors去買釣魚用品，

看到他們有賣40磅一大包、打獵時引誘鹿吃的玉米（Deer Corn）。這些玉米是剝開呈顆粒狀的玉米（Whole Corn）。我靈機一動，想到鴨子、鵝可能會喜歡。但又想到玉米的顆粒較一般他們最常吃的鳥食（Bird Food）中主要的小米（Millet）、高粱（Milo、Sorghum）要大一二十倍，也許牠們無法下嚥。於是問店員「借」了一把，立刻到湖邊去做實驗，沒料到鴨子搶著吃，興致高昂，吞得一點都不含糊。我高興極了，因為這玉米的價錢只有一般鳥食（Bird Food）的三分之一。

但鴨子、鵝的問題解決了，還有紅嘴紅腳鳥（見第二章）體型小，還是有問題。我想可能要用打果機再把整顆的玉米打碎。第二天我又弄了一把玉米，也沒來得及打碎，到了湖邊找到一群紅嘴紅腳鳥，一灑下去，牠們也爭著吃，毫不含糊。我非常高興，鴨、鵝、鳥一下全解決了，而且把我的預算大為減少，相對增加了給牠們的餵量。

後來我發現只有剛出生的小鴨子沒法下嚥整顆玉米，但問題不大，就讓牠們吃小米、高粱等小顆粒的穀類即可，幾周後牠們稍大就可搶食玉米了。一般的鳥食是混合了小米、高粱、黑葵花子（Black Oil Sunflower Seed）、麥子顆粒（Wheat）等等。但價錢較貴，我到處去看，等到減價時買一大批。後來發現有個專賣店在減價時可便宜將近三分之一，可儲備一些。

我也試過餵狗食（Dog Food），牠們很喜歡。但狗食不便宜，一般要比玉米貴兩到四倍，是以不太合算，也就放棄了。

　　現在這些鴨、鵝、小鳥的伙食固定為玉米和鳥食，同時加少量的麵包，有時加一點其他油炸過的土豆、雞皮等等。以百餘隻鴨子計算，平均每隻鴨每天黃昏晚餐的伙食至少二十公克，加上六分之一片的麵包。但有時我將要出外度假，或幾星期度假歸來，都會給牠們補貼假日損失。

上：村子裡散步的居民和孩子經常零星地去餵鴨子
下：鴨、鵝、鳥最喜歡吃的主食：小米、高粱、玉米、麵包

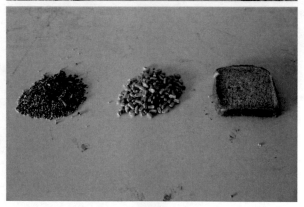

第九洞的十三群

　　去年在中區高爾夫第九洞旁小湖成長的一窩小鴨子，最早有十六隻。牠們的母親是個十分機靈的母鴨，管教小鴨子很得法，且紀律嚴明。每當我走到高爾夫球場中的馬路邊去餵牠們的時候，母鴨總是興致冲冲帶著小鴨子一晃一晃地奔跑而來。

　　小鴨在搶食鳥食、玉米、麵包及其他牠們喜愛的食物時，母鴨總是讓小鴨先吃，從不與牠們爭食。往往牠只是在那看著那十幾個小鴨全神貫注地搶著吃我灑在地上的大餐，而不時得意地擺著尾巴。等到有空擋時，母鴨才進食。

　　吃完大餐後，母鴨經常帶著小鴨群到就近低窪的積水坑去喝水。天快黑了，母鴨總是領先，十幾隻小鴨一字列隊爬過高爾夫洞口——Putting Green的高坡，走到牠們每夜在湖邊的睡眠定點。

　　我見到好幾次，一兩個小鴨子貪食或好奇張望而脫隊。一旦發現後，小鴨立即飛奔追上母鴨，加入隊伍，齊整地趕去就寢。在這隻精明的母鴨帶領下，最初的十六隻小鴨有十三隻長大成熟。這樣的成長率是幾年來我觀察到的最高紀錄。

上：第九洞的十三群跑來進餐
中：十三群游泳來進餐
下：十三群跟著母親排隊去就寢

▌劉先埜

　　這「十三群」小鴨每次見到我都無比的親切，不像一般的鴨子、飛鳥總會保持一點「畏懼的距離」。牠們往往都是圍繞在我身邊。有時我拿著麵包準備撕成小塊丟給牠們，這些小傢伙都跳起來從我手中搶麵包。我覺得很有意思，每次也逗著牠們不停跳躍。

　　後來我發現其中有一隻彈性最好，跳得最高。我替牠取了個名字——「劉先埜」，紀念我的一位亡友。劉先埜是我高中同學，他跳高、跳遠的天賦是全校最好的，當時我們學三級跳，全班大多同學跳不好，但劉先埜只兩步就進了沙坑（見愚作《胖子正傳》‧記先埜與三麻子）。後劉來休斯頓，經常與我相聚，只惜已過世多年。

　　我出外度假幾周回來，發現這些小傢伙都長大、長肥不少，大多都跳不起來了。但唯有劉先埜依然能一躍而起一米半高，把我手中的麵包咬去，而且咬我的手指很深。所幸牠們是「無齒之輩」，被牠咬也不太痛。我每次去餵牠們，總逗著劉先埜飛躍，牠也總是比別的鴨子多吃一些。

　　後來我發現牠「引起公憤」，有幾個老鴨子總是來阻攔牠，有時還咬牠。劉也頗有自知之明，十分收斂，身旁鴨子多的時候就埋頭吃地上的穀子，一看四周稍空就躍起吃我手中的麵包。這個「劉先埜」令我感到鴨子和人一樣，鐘鼎山林、各有天性！

劉先堃

第一洞九姐妹

去年（2017年）春末，第九洞十三群出現後幾周，第一洞旁的小湖邊又有一窩十二三隻的小鴨跟著母鴨四處遊蕩。這群小鴨中有幾隻像白鴿子一樣潔白如雪，但又不像北京鴨一般臃腫，十分可愛。

牠們的母親十分機靈，帶著牠們在其地盤附近覓食。每次看到我來了，總是母子群奔，非常起勁地搶食。當然最初幾星期，小鴨無法下嚥玉米，只得專吃小米、高粱等小顆粒的穀類。牠們對麵包很有興趣，擠在大鴨子中間搶著咬。

這些小鴨有時被其他大鴨子用嘴趕開，也有時像皮球一樣被踩得在地上打滾，同時發出慘叫。但牠們鍥而不捨，屢敗屢戰，幾天後就進入情況，別的鴨子也不再排擠牠們了。約三周後他們也能吃玉米了。

兩個月後牠們還有九隻倖存，故稱「九姐妹」。

左：第一洞九姐妹之一
右：第一洞九姐妹之二

九姐妹與十三群的融合

　　九姐妹的第一洞地盤與十三群的第九洞地盤中間隔了一條馬路。後來九姐妹發現我常到馬路對面去餵十三群，牠們也跑到馬路旁要東西吃。最初牠們嚴守各自地盤，不過馬路，我也在馬路兩旁分而餵之。

　　過了一兩周，先是十三群不安於其地盤，每當我餵九姐妹時，牠們就走過馬路去搶東西吃。未久九姐妹也學會這一招，跑到馬路對面去吃十三群的伙食。在牠們過街時，來往的車輛都停車以待，給予牠們先行權（Right of Way）。當然有時我也得替牠們把風，讓開車的村民注意、慢行、停車、讓路。

　　這種族群融合也是有個過程的。最先很不和諧，較大的十三群鴨子要趕較小的九姐妹，特別是十三群的母鴨為了照顧牠的子女，總是去咬九姐妹小鴨。九姐妹的母鴨怕事，常常催自己的小鴨撤退。但這些小鴨子搶食勁頭大得很，堅持不走。這樣有爭有鬧，過了一兩周，大家就相安無事，融成一體了，每次都是路哪邊有吃的，那邊就有二十二隻小鴨子。

　　這和中華民族的鮮卑、匈奴、蒙古、女真、漢族等族一樣，先是打打鬧鬧，最後都融成了一體。

上：九姐妹與十三群的融合之一
下：九姐妹與十三群的融合之二

第九洞五個晚生

三月上旬、初春時分就開始有新生的小鴨子出現，今年出生的小鴨子較往年多得多，一批接著一批，一直沒停下來。六月初旬，我在中區附近、第九洞口邊的小湖發現又出來七個幼兒。這裡也是「十三群」起家的地方，比較隱蔽，相對被鷙吃掉的機率少些。後來長大後，母鴨帶牠們遷到大湖之濱，因為那裡覓食機會多。當然牠們也牢記每當黃昏時際，有個好心的老頭會帶好吃的東西到這裡來。

牠們的母親是一個白灰花紋，十分機靈的母鴨。每次見到我提著裝著食物的塑膠袋，總是帶著小鴨們奔跑而來。這群小傢伙特別不怕人，都圍繞在我腳下，等我灑下好東西。有時我顧及遠方，忽略了牠們，牠們就會站到我的鞋上。這群小鴨天真可愛，充滿了朝氣，合群團結。只是後來少了一隻，剩六隻了。又過了一個月，幾乎成年了，有一天不知何故又少了一隻。剩下的五隻還很起勁地跟著母鴨，團結一致。

黃昏時分，牠們一般會在中區與其他二三十隻鴨子等著我。有時我到那裡在鴨群中沒有見到牠們，只要吼幾聲，牠們往往就會應聲而來。有時牠們掉單在路旁，我總是停車，給牠們專門開一餐。

有一次實在沒見到牠們，我餵完其他鴨子後就走到牠們原先的小湖去找牠們，但也沒見到蹤跡。正在回途中，突然

聽到背後有聲音，回頭一看，五個小鴨在前、母鴨在後，一搖一晃地跟著我也許好一陣了。這次牠們又撈到一頓大餐。

上：第九洞五個晚生之一
下：第九洞五個晚生之二

▎風雨故人來

　　去年（2017年）夏天休士頓遭到有史以來最大的水災，哈威（Harvey）颱風帶來創紀錄的雨量，整個城市到處淹水，受災損失高達兩千億美元。大雨持續了幾天，村裡有些馬路都已積水，無法通行了。我們住處前面的馬路也積了水，附近的河流——Brazos River水位也超過我們及附近的幾個村子，達到有史以來最高記錄。所幸堤防完善，加之用泵抽水排到河裡，住屋都沒進水。

　　當時我日夜看新聞，同時計劃防範措施，也考慮撤離。時近黃昏，雨中我開車去觀察大湖的水位，發現湖面從來沒有那麼高過。而且原本向外泄水的溝渠已滿，並倒流入湖。這種狀況如再持續一兩天就不堪設想了。我立刻就想到村旁的堤防去看看還有多少餘隙，同時試探可能撤離的路線。

　　走到一段馬路，見到有些積水，但前面有個人在路中走，而且有個大車也迎面而來；加之這一段我天天路過，不覺得有多少高低差距。於是就慢慢駕車淌水而過。走了約三四十米，忽然車子停火了，試了兩三次再也無法啟動，水深超過一英尺，進到車裡。我想不妙了，趕緊請求那位在路上走的大塊頭幫我推，在水中奮鬥了二十來分鐘，最後又來了個好心的過路人幫忙，終於推到馬路較高、沒水的地方。但再試了幾次都是鴉雀無聲，我想這部十七年的老車子總算「鞠躬盡瘁」了。替我推車的那位好心人開車把我送回了

家。我告訴老妻我們的老車完蛋了，反正我們還有兩部車，也無所謂。

我當時在想，那部車停在馬路上，如果水再漲，也就被淹了，也只好第二天再去看看如何處理了。但一方面不放心，另外我還有些東西在車裡，於是決定再去看看。這次不敢開車了，乾脆穿了雨衣淌水走路。走了約一英里，看到我那部車還沒上水。試試電路，居然還是好的，但是試著發動好幾次則一點動勁都沒有。只得作罷，取出車裡許多東西，抱了一大包。正準備步行回家時，突然見到五個晚生小鴨和母鴨都站在車旁，可能已好一陣了。

剛才我專心試車也沒注意到牠們，才想起這時正是我每天來餵牠們的時刻，牠們也許已在此等候多時。風雨故人來！看到牠們，頓時令我振作起來，於是放下大包，再去試試能否發動？一般常規是如果車子進水就不要再試著啟動，以免將更多的水帶入引擎。我當時想反正已進水了，試試多加油，使油搶過水產生燃燒。於是就一直踩油門，但試了好幾次仍然沒反應。

卻是那幾隻小鴨子都乖乖地站在車邊，不吵不鬧，似乎在為我打氣：「老頭加油！老頭加油！」我也對他們說：「現在沒功夫餵你們！」可能是有牠們的陪伴，我一直沒放棄，又試了好幾次。後來居然聽到很微弱的引擎啟動聲，令我簡直難以置信。我讓車子空轉四五分鐘，發現雖然燃燒較弱，但運轉穩定。

於是我首先在車後面拿出不少玉米，讓牠們飽餐一頓，高高興興地開回家去。回到家後，我讓車子空轉了一個小

時，引擎燃燒越來越正常，沒事了。這次水災休斯頓有五十萬輛，包括我許多朋友的車子都進了水，卻很少人能把車子救回來。我想我這次奇遇，那群小鴨子是立了大功的！

上左：哈威（Harvey）颶風帶來創紀錄的雨量，村中馬路到處淹水之一
上右：哈威（Harvey）颶風時，村中馬路到處淹水之二
下左：風雨故人來
下右：水災中小鴨立大功後的慶功宴

後起之秀——小劉

五個晚生中有一隻小黑鴨特別起勁。牠每次都擠在我腳下，甚至咬我的褲子，提醒我牠是我的忠貞、重要的朋友。有時我穿短褲，牠就咬我的腿，所幸牠沒有牙齒，我被咬了也不太痛。

這小子特別伶俐，牠見到劉先堃每次跳起吃我手中的麵包，就開始因此效尤，也跳起來搶我手中的麵包。但牠最先跳得不成氣候。我看牠勇氣可嘉，也就不時把手放低，讓牠撈到一點。過了幾周，牠越跳越高，雖還比不上劉先堃，但一躍也有約一米高了。

看來這後起之秀不可忽視，頗有趕上劉先堃的潛力，我稱牠為「小劉」。

果然過了一個月後，劉先堃已長得太胖，跳不起來了，小劉乃獨領風騷，每次都是牠一個鴨子飛跳一米多高來吃我手中的麵包。

■ 後起之秀──小劉咬我的褲子

▍巧克力

　　五個晚生中還有一隻小白黑花鴨，牠也是每次都纏在我身旁，不像一般鴨子總有些怕人。有時還踩在我鞋子上，問我要東西吃。我有時用腳把牠提起來，有時摸摸牠，牠也不躲避。我回想當牠與小劉剛從蛋裡破殼而出不久就見到我這老頭來餵牠們，也許在牠們的腦海裡我一定是牠們的「親人」！

　　牠雖不像小劉那樣能跳高，但只要我手拿麵包低一點，牠就立刻上來咬。有時我用腳把牠抬起來，牠也無所謂，知道我是在同牠玩。偶爾牠會輕輕地釘我一下，表示「我是你的巧克力」。牠是一個聰明伶俐、懂得察言觀色的傢伙，是以常常撈到較多的麵包與玉米。

　　有一天，我到中區沒見到牠。餵完在場的鴨子後，正準備走了，突然見到遠遠約150米外有隻白花鴨子沿著湖邊慢慢地走來。我好奇地停步等了一陣，到眼前才知道就是巧克力。我手上拿著麵包，牠立刻就來吃了。

　　又有一天我為了照顧大群的紅嘴紅腳鳥冷落了牠，牠居然生氣起來，不理我了，也不吃我丟給牠的玉米，跑得遠遠的。鴨子和人一樣，各有其個性。

上：巧克力吃麵包
下：巧克力不理我了

靚Boy（帥哥）

我在西區見到一個稍微成長、獨來獨往的孤兒。不知為何，牠是孤零零的單個。最初大概是營養不良，長的不太正常，羽毛稀疏，全身像長了癩痢頭似的，難看至極。

牠看到我來餵大家，也就跑來參夥，最初還被排擠，其他的鴨子把牠朝外趕。但久了以後都成了朋友、自己人，就沒事了。

有時，特別是我去的較普通時間早些，沒見到牠，顯然牠還在湖上、四周雲遊、覓食。往往到最後才見到牠奔跑而來。

幾個月下來，這個孤兒已「長大成鴨」，全身黑條間白，羽毛豐潤、柔和，體型碩壯，十分漂亮。我乃稱其為「靚Boy」（帥哥）。

上：灑Boy（帥哥）幼年：
　　全身像長了痢痢頭似
　　的，難看至極
中：灑Boy（帥哥）少年
下：灑Boy（帥哥）成年
　　（中）：玉樹臨風

兩兄弟

在西區的小湖裡，最初我發現有五個只有一周大的小鴨，但牠們的母親不知何故沒有了。這五隻小鴨相依為命、十分團結，也加入我餵食的群鴨中。雖與其他鴨子偶有衝突、糾紛，牠們也蠻悍對之。

可惜幾週下來，逐漸減少，成了四隻、三隻，最後只剩兩隻。但這兩隻形影不離，每天在一起覓食、玩樂。每次我下車，走向牠們的園地時，總是見到這兩兄弟一搖一晃飛奔而來。

牠們為生命而奮鬥、生活而歡樂的昂情令我感動！

左：兩兄弟之一
右：兩兄弟之二

Big Mouth（大嘴巴、Mr. Personality）

東區有一隻灰色帶白的母鴨，頭上還戴了一頂白色小帽，看起來就與眾不同。牠起碼有三歲，因為我至少三年前就見到牠了。這傢伙很活潑，叫聲洪亮、音調也與眾不同。老遠聽到叫聲，就知道牠來了。我乃稱其為「Big Mouth」（大嘴巴）。有位常來餵牠們的老太婆稱牠為Mr. Personality。

牠搶東西吃很厲害，馬不停蹄，東奔西闖，是以經常比其他同伴多吃一些。

牠是領導之才，經常帶隊，領著一群鴨子在湖中游蕩，大聲嚷嚷。我猜牠們一定在討論些事情，有時還爭執起來，推推拉拉，打個架。但每當我車子開到牠們那裡，牠總是大吼大叫，領著大家到我跟前來等吃大餐。

有時我到那裡時鴨子沒到齊，也沒見到牠。但往往不久就會聽到湖上遠處牠的吼聲，隨之就見到牠帶領一批鴨群急速游水而來！

上：Big Mouth（大嘴巴、Mr. Personality）
中：Big Mouth總是大呱大叫，領著大家到我跟前來等吃大餐
下：Big Mouth為了爭食咬老殘廢

東區十傑

今年在東區有一窩小鴨，最初約有十二三隻。牠們的母鴨很精明，教導的這群小鴨很有紀律，行動一致、動作敏捷。

我發現母鴨總是帶著牠們在離岸不遠的一個十分隱蔽的小島的草叢中休息、睡眠。那個小島附近也正是大鱉經常出沒之所，但牠們居然安然無恙。白天母鴨也常帶牠們到較遠的大水溝去，那裡比較安靜，也沒有大鱉。

這群小鴨十分團結，我還見到牠們聯合起來和別的鴨子打架，搶東西吃。牠們擠在大鴨子群中爭食，毫不含糊，個個都長得結實、豐潤。最後長成十隻，我稱其為「十傑」。

左：東區十傑之一
右：東區十傑之二

獨生子

　　有一天我在西區見到一隻母鴨只帶著一隻剛出世的小鴨子。這種情況很特殊，一般母鴨孵卵總是起碼七、八個，多到十六個。

　　這隻小鴨擠在鴨群之中，頭兩天還不太清楚怎麼吃東西，但牠學習地很快，也許大半是本能，兩三天後就和大家一起搶我灑在地上的細粒鳥食。頭幾個星期牠不能吃玉米，因為顆粒太大，無法消化。

　　我每次到牠們那裡，見到鴨群洶湧而來，這隻小鴨總是跟著母親不落鴨後。我也總是在牠附近多灑些小顆粒的鳥食。每當大家快吃完時，天也快黑了，母鴨總是先帶著小鴨離開，母子二鴨姍姍離去，到水邊牠們就寢之處去睡覺。

　　當時我最擔心的是牠能不能長大，因為牠乃是這一帶湖裡許多大鱉覬覦的唯一上好大餐。這小鴨能過關成長的或然率不太大，當然這也要看母親的機智。我出外度假四週，回來後見到小鴨已成少年，反應很快、跑得很快、搶東西吃已很內行了。

　　牠最初幾天還總是提早離開大家，跟著母親去就寢。可是幾天後就不太願意早走，總是在地上不停尋索，看看還有沒有可以吃的穀子、玉米，或是抱著最後的希望，這老頭可能還會再灑些好東西。兒子大了，管不住了，母鴨只得孤零零單個先走了。

上：獨生子幼年
下：獨生子成年

▎血腥的星期五

　　八月底一天黃昏我到西區，突然發現有一隻母鴨帶著初生的十一隻小鴨，令我又驚又喜。因為在這個時分還有成群的小鴨出籠，這是以往沒見過的。

　　我當時沒帶相機，本打算次日再來照相。後來靈機一動，乾脆拿手機匆匆拍了一大堆相片。回家還高興地拿相片給老妻觀賞。

　　第二天黃昏我又興致冲冲地跑去，令我大吃一驚，那隻母鴨帶的小鴨只剩一隻了！這「血腥的星期五」殺了那初到世間的十隻小鴨。是疾病？還是天敵？據我推斷這群可憐的小鴨可能碰上一群兇殘的巨鱉，都被飽餐一頓了！

　　兩天之後，那隻殘存的小鴨也不見了。生命的來去真如行雲流水，轉瞬即逝！

上：血腥的星期五前之一
下：血腥的星期五前之二

上：血腥的星期五次日，只剩一隻小鴨
下：血腥的星期五次日，只剩一隻小鴨，
　　悲歡離合之景

▊悲歡離合

　　鴨子的喜怒哀怨有的形之於色，搖頭擺尾，大叫大吼、跳躍飛騰。但有些就不容易查明，譬如親朋、子女的亡故，也許牠們對生命的來去、無常已習以為常，無動於衷。

　　但也許不盡然，前年有一次我觀察一隻母鴨，牠原有十幾隻小鴨，每天很得意地帶著來吃我餵的穀類、麵包。但不幸一天天減少，有一天只剩了兩隻，第二天再去時發現一隻也沒有了。

　　那天那隻母鴨站得離大家稍遠，也不積極來搶東西吃，我問牠：「怎麼搞的！小鴨哪裡去了？」牠低頭不語，似乎很不好意思，看來心裡是不太好受的。

┃水陸空奔馳與迎來送往

在東區和中區，我的車就停在牠們聚集的地方。有時牠們已聚齊，而且牠們早已識別我那輛老靈芝（Lexus），也聽得出我的車聲。車還沒停穩，大家就一哄而上。

在東區叫的最起勁的往往是Big Mouth。有時，特別當我去早了，牠們還在湖上或湖邊一兩百米或更遠處遊蕩，但當我一下車，有時按個喇叭、有時叫兩聲，就見到遠處的鴨群有循陸路奔跑、有在水中速游、還有在空中飛翔而來，蔚為壯觀。

在西區稍微不同。我停車後要走約百米，翻過第十洞口的小高坡，才到牠們聚集之所。但往往一下車就見到一隻或幾隻鴨子已在等候、歡迎。

另外當我餵完後，慢慢走回停車場時，也經常會有一隻或幾隻跟著我，一直把我送上車。牠們禮貌周到，禮尚往來，我每次也都答禮如儀，就地先餵、後餵，令牠們滿意。

上：陸路奔馳來吃大餐的鴨群
中：水路大軍趕緊來吃大餐
下：鴨子飛奔而來吃大餐

上：鳥群飛奔而來吃大餐
中：百餘鳥、鴨迎接的場面
下：百餘鳥、鴨送行的場面

過路兩旁

　　有時我開車過路，見到路旁的個別鴨子群組，每當我慢車行駛時，牠們往往會跑過來。盛情難卻，我也只好臨時為其特別加餐。

　　後來我發現有些鴨子先在中區的集合處已吃了一頓，然後再跑過來在路旁等。這些傢伙真是鬼精靈。

▌過路兩旁吃二道的鬼精靈

談戀愛與打架

　　鴨子和天鵝、雁不同，沒有長期、終生配偶，屬於群婚、雜交社會。

　　偶爾會有大家在爭著吃的時候，有兩隻鴨子離眾而去。牠們是談戀愛去了。「生命誠可貴，自由價更高，若為愛情故，兩者皆可拋！」鴨子也懂得這個道理。

　　常看到兩個鴨子先是對著叫罵、搖著尾巴，最後咬作一團，糾纏不放、羽毛脫落，歷時良久，猶如生死之鬥。據我觀察，這都是爭風吃醋，三角戀愛的顯像。

左：談戀愛
右：為爭風吃醋打得你死我活

老油條

　　東區有兩隻老鴨子，大概年老體衰，吃東西時搶不過年輕的傢伙，只好每次都站在我腳底下，提醒我的注意。

　　有時我只顧著向遠處灑東西，忽略了牠兩個，牠們就啄幾下我的鞋子，似乎告訴我牠們兩個老油條在此。牠們這招很管用，我只得特意給牠們一些吃的。

▎老油條（前二）

老殘廢

初春之際，我在東區發現有一隻老鴨子右腿殘障了，牠不能活動，不能找東西吃，甚至腦筋都不太清醒了。整日孤零零地坐在湖邊，看樣子也活不了幾天了。

我覺得牠很可憐，就算是到了生命盡頭，也應該讓牠安詳、舒適點。於是每天都特別去照顧牠，給牠一把玉米，一小片麵包。牠吃得很起勁，一兩周過後牠居然逐漸恢復，有了生氣。後來也能用單腳跛著走路，也能搶吃東西了，羽毛也豐潤了。

牠每次見我從車子裡走出來，總是無比地興奮，一跛一跛地跳著趕上前來爭東西吃。我當然也給予牠特別待遇。好幾位路過的村民都對我說：「如果沒有你，牠早就完蛋了！」

求生的意志是持續生命的泉源，我雖然稱牠為「老殘廢」，但對牠堅強的求生意志非常敬佩！牠們的毅力令我憶起Moby Dick中的船長。牠的腿到底如何殘廢的？這個問題我一直百思不解，直到後來遇到一個冒失的路人牽著一條大狗，我猜九成是被他故意放狗咬傷的！

上：老殘廢之一
中：老殘廢之二
下：老殘廢之三

跛子

　　經常會有鴨子因故腿受傷難行。每當我餵食的時候,牠們從老遠一跛一跛地趕來,雖然丟隊,但鍥而不捨,總能姍姍來遲。

　　每次我總是給牠們特別待遇。所幸除了那位老殘廢之外,牠們大多幾天後就能痊癒,行動如常。

▌跛子

寒冬

　　休士頓的冬天一般不太冷，鴨子有很豐潤的羽毛，過冬不是大問題。但有時湖邊空曠風大，風冷因素（windchill factor）還是十分可觀。

　　我有一次散步較晚，天已黑了，風也很大，經過小湖邊，見到小鴨子們都擠在一起睡覺。牠們每個傢伙都穿了一件「羽絨服」。

　　寒流來襲時，牠們可能會到避風之處或高大的草叢之中，但我沒有在最冷的夜晚觀察到牠們藏身之處。

　　有一次我在小湖邊發現一隻白鴨趴在地上，一動不動，餵牠東西也沒反應，看樣子是生了病，不知以後好了沒有？

　　今年初本地兩度夜間降溫到華氏二十幾度，我發現鴨群有減員的現象。猝冷、大風加之食物缺乏可能帶來疾病與死亡。

左：寒冬減員
右：寒冬意外

漫長黑夜

　　鴨子與人不同，牠們沒有燈火，完全靠日出日落的陽光作息。牠們黃昏時分均要飽食，因為十幾小時漫長的夜間牠們無法行動、覓食。所以每當黃昏我去餵牠們時，牠們總是十分起勁吃飽過夜。

　　有時我因故去晚了，只得帶著手電筒照明。牠們在夜間總是睡在固定的地方直到天明，不敢亂跑動，以免被其他野獸捕食。

　　我發現牠們在夜間非常敏感，稍有一些奇怪的聲音往往會嚇得群鴨亂奔，這和軍隊裡的「夜間驚營」很相似，也和古人總認為「夜間弄鬼」是一個道理。

夜間就寢前進食

狗與混蛋

處久了，我發現牠們最怕的乃是狗與槍聲，當然還有混蛋的人。據我推斷，致殘、致死的鴨、鵝、鳥大多是人縱容狗幹的勾當。

每當有人率著大狗而來時，鴨子和鳥都會四散而逃。我曾見到一個傢伙率著一條很大的狗，手上還拿著一個小球，突然把球向鴨、鳥群中扔去，同時放開狗的繩子，讓狗奔向鴨、鳥之中，弄得鳥飛鴨逃，這仁兄和狗可樂狠了。這種傢伙是十足的混蛋（Son of Bitch）。

村裡的人散步時見到鴨、鳥群在步行道上進食，大多都不願驚動牠們，繞道而過。但也有少許卻是大搖大擺，直衝到鴨、鳥群中，結果弄得牠們棄食而奔。

也曾見到有人駕車在村裡的路上飛馳，鴨子不及走避，被輾得慘不忍睹。

令我體驗到孟子所言「仁民而愛物」，「功至於百姓」與「恩足以及禽獸」，其倫理思想的確博大精深！

上：狗與混蛋之一
中：狗與混蛋之二，鳥、
　　鴨都嚇走了
下：鴨子被超速開車者輾
　　得慘不忍睹

第二章：紅嘴、紅腳鳥

▌牠們把秋冬湖光都點紅

　　五六年前的秋天，我們村裡的湖邊忽然飛來了許多紅嘴、紅腳、鮮褐色身體、黑裡帶白翅膀，十分美麗的鳥群。其體形較雞要小，比烏鴉略大。

　　前年起，我又發現有兩三隻不知為何，春初沒離去，整個夏天在這裡度過。

　　牠們成群結隊在湖上玩耍、湖邊覓食。初春時就全飛走了。是年初秋牠們又回來。如此春去秋來好幾年，鳥的數目也一直增加，去年秋天達到約250隻。

　　牠們的來去帶給我們村子湖上一景，也令我想到那首歌——《西風的話》：「去年我回來，你們剛穿新棉袍，今年我來看你們，你們變胖又變高，你們可曾記得池裡荷花變蓮蓬，花少不愁沒有顏色，我把樹葉都染紅！」

　　的確，這群美麗的小鳥把秋冬湖光都點紅，帶來盎然生氣，也增添了幾分靈秀。

上：牠們把秋冬湖光都
　　點紅之一
中：牠們把秋冬湖光都
　　點紅之二
下：寒冬湖光雪景

Black-bellied whistling duck與 Fulvous whistling duck

　　我起先不知牠們是什麼鳥，後再三打聽，也做了些研究，原來稱作「black-bellied whistling duck」，乃是「Mexican whistling duck」的一種。

　　牠們主要在美國南部、德州東南部，季節性地前往亞利桑那州或路易斯安那州沿海；現也有少量遷到佛羅里達州。另外在中南美洲也發現有這種鳥。

　　還有一種鳥叫「Fulvous whistling duck」，和black-bellied whistling duck幾乎一模一樣，只是有灰色的嘴和灰紅的腳。我去年看到鳥群裡有一兩隻Fulvous whistling duck，比較兇悍，也不太怕人。去年秋天飛來的鳥群中有二十多隻Fulvous whistling duck。

　　牠們有的是候鳥，也有的是留鳥。一般在德克薩斯州南部有些是留鳥，而棲息於德州較北的則到九月上旬，秋初之際就會飛到南方來找玉米和高粱就食，到次年三月初春時分再飛走。

　　我們村裡的這種鳥大多是秋來春去，有人推測牠們去了北德州，也有人認為牠們只是飛到附近去配對、產卵、撫養幼鳥。但也有少數幾隻終年留此。

上：Black-bellied whistling duck
下：Fulvous whistling duck

秋季打獵的目標之一

　　Black-bellied whistling duck體形不太大，長19到22英寸，體重1.4到2.3磅，翼展30到37英寸。牠們屬於鴨科（Duck），但雌雄難辨、配偶長期固定、沒有複雜的配偶組合，這些習性又與鵝（Geese）與天鵝（Swans）相似。

　　牠們因是秋季打獵的目標之一，一般壽命都只有幾年，但曾在路易斯安那州發現有10歲7個月的Black-bellied whistling duck。

▌生活、覓食習性

　　牠們在樹上築巢，喜歡在沼澤、潟湖、湖邊、河邊活動。牠們的食物類別很多，主要是草類，包括青草，沼澤梯牧草（swamp timothy），莧（amaranth），蓑衣草（sedges），旋花（bindweed）和茄屬植物（nightshade）、蓼屬水草（smartweed）。

　　牠們也喜歡吃高粱、小米、玉米、米、麥等穀類。有時牠們也吃少量的水生小動物，譬如田螺、昆蟲、蜘蛛等。他們經常在夜間找東西吃，也喜好在水中覓食。

▍水涼鳥先知

　　蘇東坡的《春江晚景》：「竹外桃花三兩枝，春江水暖鴨先知。」描寫嚴冬已過，春水漸暖，鴨群戲耍的美景。

　　而每當初秋我見到小鳥回來時，總不由地感歎又是一年秋風起。只是德州的秋老虎往往還是十分炎熱的。但水涼鳥先知，每當黃昏、夜間，牠們大多游蕩湖上，嘰嘰喳喳，叫個不停。一方面祛暑，同時也在交換資訊。

▍水涼鳥先知

▎百鳥就食百態

　　往年秋天來此的black-bellied whistling duck和Fulvous whistling duck總計約有一百多隻，最先散居湖邊各處，有許多在我餵食的湖對面，因為在秋冬那裡是背風之地。

　　後來牠們見我去餵鴨子和鵝，也逐漸加入陣營，大多集中在東區，也有一些在中區等我的食物。牠們也許爭相走告，往往擠滿湖邊，嘈雜戲耍，熱鬧非凡。

　　最初牠們總是站在鴨子週邊，吃些旁邊剩下的食物。後來逐漸弄熟了，也就與鴨子、鵝打成一片，擠在一起搶著吃玉米、高粱、小米等穀類，但不吃麵包。鴨子是很愛和平的君子，大笨鵝也比較憨厚，三個幫派一起就食，也倒相安無事。

　　每年初秋牠們剛回來時，大多總是先觀望幾天，不敢立即參加鴨、鵝的晚餐。只有少數的鳥勇敢地走到正在就食的鴨、鵝群中去吃穀子。這些吃飯的「先行者」往往起了帶導作用，幾天後鳥群就能和鴨、鵝打成一片，一起晚餐了。

上：百鳥就食百態之一
下：百鳥就食百態之二

上：鳥飛來就食
下：眾鳥就食歡樂

▎人、狗、槍之慮，民無信則不立

　　這些小鳥很怕人，大概牠們經常被獵人槍殺，以致「父以教子、兄以教弟」：「最壞的就是人！」牠們聽到有似槍響的聲音就會立即四散而逃。

　　其次他們最怕狗，無論大狗、小狗，只要看到有人牽著狗來就棄食而飛。很糟糕的就是碰到有些「不知仁民而愛物」的人，他們或駕電瓶車，或步行，向著正在步行道上就食的鴨、鵝、鳥群橫衝直撞，總是弄得「鳥飛鴨、鵝跳」。

　　當然最糟糕的就是居然有人縱容狗衝到鴨、鵝、鳥群中，嚇得牠們四散而逃，小鳥好幾天不敢回來就食，甚至有時咬死、咬傷牠們。

　　但大多數的居民都很有分寸，見到牠們在吃東西，總是繞道而行；牽著狗的也多半盡量遠避而過。過路的居民與孩子經常停車觀看、拍照，有的也餵些食物。同時與我交談有關鴨、鵝、鳥的成長及點綴社區的風采。

人、狗、槍之慮，
鳥無信則不立

鳥的奇妙溝通能力

以前大多數的小鳥都集中到東區去搶東西吃，最初有八隻到中區參加鴨子的聚餐。

過了好幾天後，黃昏時際忽然迎來了五十多隻小鳥。我感到十分詫異。因為中區距東區有七八百米，而互不相見，那新來的五十隻小鳥是怎麼知道在這裡，這個時候，有這樣好吃的東西？

牠們應該是從原先那八隻鳥得來的資訊，但牠們之間是如何溝通的？如何能將這好幾個概念傳達清楚？這個問題我請教了不少專家，自己也不斷思考，但至今猶未找到滿意的答案。

另外去年（2017年）秋天開始在西區很久只有一隻小鳥（見第85頁：美麗的紅嘴紅腳醜小鴨），後來有一天居然來了三十隻，再過一天增到五十隻，幾天後擠滿了二百五十隻，牠們是如何「聞風而來」的？

我還發現有好幾次先已有大群的小鳥在搶食我給牠們的大餐。過了一陣天上突然又飛來十幾隻，急速下降、趕緊搶食。有一次多到八批群鳥陸續飛來。而這種現象發生多次，絕非偶然。似乎牠們剛得到傳來的資訊。那些遠處的鳥怎麼知道這老頭來了？難道牠們也有手機之類的遠途通訊技術？還是牠們經過千萬年的演進，已發展出比我們人類更高明的傳訊系統？

上：聞風而來，鳥的奇妙溝通能力之一
下：聞風而來，鳥的奇妙溝通能力之二

上：聞風而來，鳥的奇妙
　　溝通能力之三
中：聞風而來，鳥的奇妙
　　溝通能力之四
下：聞風而來，鳥的奇妙
　　溝通能力之五

團隊與幫派

這些小鳥總是成群結隊,而且非常團結。我發現每當大家在搶吃東西時,總會有一兩隻不吃東西,只是四處張望,看看有沒有其他危險情況發生。

還有當中區突然增添了五十幾隻小鳥時,原來那八隻中有一隻放棄就食,走到新來的鳥群前面去用嘴打鬥,為自己的同夥阻擋牠們進來搶東西吃。

這樣的「把風」和「阻擋」表現了牠們可愛、可貴的團隊精神。

左:團隊與幫派之一
右:團隊與幫派間的戰鬥

美麗的紅嘴紅腳醜小鴨

　　在西區的鴨群中有隻與眾不同的紅嘴、紅腳鳥——Black-bellied whistling duck。牠原是候鳥，秋來春去。但去年（2017年）初春時，我發現牠孤零零地留了下來。

　　每當我到西區的時候，牠都會遠遠跟來，爭著吃些穀子。後來我發現牠右邊的翅膀塌了下來，不知是否是被狗咬致殘？顯然不能飛行了，以後半年內也從沒看到牠飛過。一隻鳥如果不能飛了，這等於是宣判了死刑，因為牠喪失了活動、覓食的能力。這個殘廢小鳥的命運是悲慘的！

　　但後來我發現牠雖然不能再飛，但走得很快，也游泳自如，每當我去餵食的時候，牠總不缺席。初夏之際，偶爾還會有一兩隻其他的鳥隨著牠來就食，但到了仲夏就只剩牠一隻，其他的鳥都飛往遠方去了。

　　最初牠總是離鴨群稍有距離，後來走得越來越近，最後根本打成一片，成了鴨群的一份子，連夜間就寢都和大家一起。

　　牠搶吃東西也十分勇猛，有時還同其他的鴨子用嘴頂一下，顯然是善意的爭吵。本來鳥是不吃麵包，只吃穀類的。但久而久之，入境隨俗，牠也搶著吃麵包了。

　　有一次我看到牠吃了我給牠的一塊麵包，結果顯然是被齁到了（塞在喉嚨裡）。牠一再猛搖頭、頸，還是沒解決問題，於是盡快地跑到水邊，喝了幾大口水，就沒事了。接著立刻飛奔而回，再來搶東西吃。

　　我的車子老遠開來，牠總是認得，立即帶領著鴨群來迎接我。牠也不像其他的鳥與我總是保持距離以策安全，離我越來越近。近一整年以來牠顯然是飯飽睡足，以致羽毛豐潤、精神抖擻，全然沒有殘廢的跡象。

　　說實話，牠的確是那三十幾隻鴨群中最美麗的，就正如同安徒生童話中那隻被群鴨譏諷為「醜小鴨」的小天鵝。唯一有異的乃是那三十多隻鴨子早已把牠當作「自家人」，同吃同寢，歡樂一堂。我想安徒生可能搞錯了，鴨子是很愛和平、友善的，絕無歧視其他鳥、鵝、天鵝的壞習慣。

　　這隻「醜小鴨」給我很大的啟示，「天無絕人之路、希望永遠存在！」用英文說就是：「Never say never！」

　　前幾個月我一直在想，當秋天牠的眾鳥同伴回來時，牠到底是要回到鳥群中，還是就在鴨群中落戶下去了？後來秋天到了，牠的老同伴也逐漸回來了，牠最初卻毫無動容，依然在鴨群中遊蕩、休閒、覓食，好似已落戶為鴨了！

　　但有一天黃昏我到西區去，突然發現那隻「醜小鴨」不見了，令我不免有怏怏之感。心想難道牠已喪生？還是又回到牠兄弟姐妹群中？我想與牠朝夕共處半年的鴨子朋友們也一定在懷念著牠！

　　第二天我到中區去找牠，但在那裡擠滿了近百隻小紅嘴紅腳鳥，個個都長得一個模樣，我看了半天也無法認出那個是牠。接續的幾天我都去中區查看，也一直沒弄清楚到底牠在不在那裡？

　　我出去旅行十多天，回來後立即又去餵牠們。到了西區一看這隻小鳥又回來與鴨子一起了。我十分高興，盡量撒多

點東西給牠們。但過了三天後，這隻小鳥居然又失蹤了。

其後我又到中區的鳥群中仔細地去探視，好幾天後終於發現牠在裡面。牠吃穀子很起勁，丟給牠麵包牠也吃，而其他小鳥是不吃麵包的。我很興奮，對著牠照了很多張相片和錄影。

最近牠又回到西區與鴨子在一起，起初只有牠一隻鳥，後來招來一大群，最後有近兩百五十隻都被牠招來了。有意思的乃是有的時候我清早去那，只見到牠孤零零一隻鳥等著我，可見牠肯定還是與鴨群同寢同食。

每當牠聽到我的車聲、見到我的老靈芝車（Lexus），就一步步地走來。少時就會有其他的鳥由遠處飛來就食，往往是一批又一批，最多曾達到八批，擠滿了兩百多隻進餐。

這隻奇特的小鳥大多時間是用腿走，或游泳，偶爾低飛十來米，主要是翅膀受了傷。但最近有一天我早上到那時沒有見到牠和任何其他小鳥，只得開始餵鴨子。但不久就見到天空飛來十幾隻小鳥，緊急下降開始爭食。牠居然也在其中，可見牠已能作短途飛翔。同時我也發現有另外一隻小鳥經常與牠作伴，不知是否是牠的配偶？這令我感到十分欣慰！

聰明的讀者，請你（妳）告訴我，今年初春這隻小鳥會隨牠的兄弟姐妹飛去他處，配對、生子；還是留在我們的湖邊，與牠共處良久的鴨子們廝守下去，每天等著老頭的來臨？

上左：美麗的紅嘴紅腳醜小鴨
上左：醜小鴨與鴨子夥伴在交談
下左：醜小鴨右邊的翅膀塌了下來，不知是否是被狗咬致殘
下右：醜小鴨與鴨群同食同寢

上：從三月底到九月初只有醜小鴨與鴨群共食
下：秋天被醜小鴨招來與鴨子共食的兩百多隻鳥

第三章：鵝

▎鵝

　　湖中也有幾隻雪白的大鵝，最多時有五隻，現存三隻。牠們總是把自己清洗、打扮得乾淨、潔白，每次見到我，總是張開翅膀，大叫大吼而來。雖然只是三隻，但十分起眼，在眾鴨群中「鵝立鴨群」，風采「奪鴨」，豈止「鶴立雞群」可比。只是牠們行動遲緩，搶穀子時總是輸給鴨子和小鳥。

　　牠們也有點怕人，有幾次我想摸牠們一下，牠們總是躲開。但有一天我見到一個婦人居然能蹲下來抱住一隻鵝，令我大吃一驚。遂問她為什麼鵝對她那麼親？她告訴我這些鵝都是她從家畜店買來鵝仔，在自己家的院子裡養了一陣，再放到湖邊來的。無怪乎這些鵝見到她就像親人一般。禽獸和人一樣，都是有感情的！

　　鵝因為大多作為食用的家禽，平均壽命只有大約七、八年。但如果用心飼養，可以養到二十年。世界上有記錄的最老的鵝活了38年。

$\frac{\begin{array}{c}1\\2\\3\end{array}}{}$ 4

1：鵝總是把自己清洗、打扮得乾淨、
潔白
2：鵝每次見到我，總是張開翅膀，大
叫大吼而來
3：鵝與曾飼養牠的主人
4：作者在餵鵝

鵝

第四章：魚、鱉、烏龜

▎烏龜與鱉

我們的湖中有許多烏龜，也有一些鱉。牠們經常爬到岸邊或水中突出的石頭上曬太陽，看到有人來就跳入水中。

烏龜頭圓，殼堅硬，背上有紋路，共十三瓣花紋；鱉的頭是尖的，殼子是深綠色，較軟而無紋路，殼面光滑，邊上是軟的。

烏龜性情溫順，不會咬人，你碰牠一下，牠就把頭和四腳、尾巴縮到殼裡。

但鱉很兇猛，四肢不能收到殼內，有時會攻擊人或其他動物，你要碰牠，很可能被牠咬住不放。烏龜沒有牙齒；而鱉有牙齒。鱉只在淡水生長，而烏龜淡水、海水都能活。

烏龜與鱉到底能活多久，沒有一定的統計資料。總之牠們是活得比較長，有的可達百年以上。

▌湖裡烏龜多

吃小鴨的鱉

　　大多數龜與鱉均為肉食性，以蠕蟲、螺類、蝦及小魚等為食，亦食植物的莖葉。牠們4月下旬開始交配，5~8月為產卵期，每年產卵分三、四次完成，每次一窩產卵5~7枚；產卵前雌龜用後肢在向陽有陰的岸邊鬆土處掘穴，將卵產於穴內，產畢後將鬆土覆蓋於卵上孵卵。

　　我開始用麵包餵牠們，龜與鱉都搶著吃。後來我把清理的魚肚、魚頭以及吃剩的魚丟給牠們，也都喜歡。其實龜和鱉吃的很雜，葷的、素的，樣樣都吃，有時我餵牠們小米、高粱等鳥食，牠們照吃不誤。

　　每當我到岸邊餵牠們時，總是發現湖面六七十米外的龜和鱉都趕過來。牠們到底只是用眼睛看，還是彼此之間發出聲音來通風報信，就不清楚了。久而久之，每天來吃我的晚餐的大約有三、四十隻烏龜和鱉。有幾隻大的鱉有一英尺多長，牠們游得很快，還經常爬到路上來問我要東西吃。

　　我有一次看到一隻大鱉鬼鬼祟祟地在陸地上尾隨小鴨子，並作準備攻擊的姿態。看來這個湖中，許多小鴨子都是被鱉吃丟的，牠們是殘害小鴨子的元兇。

▍吃小鴨的鱉

搶救烏龜和鱉

　　我曾在路上撿到過烏龜和鱉，都用桶子裝好，把牠們送到我每天餵牠們的湖中。

　　還有一次有位好心的婦人來找我，告訴我馬路上有隻烏龜在爬，教我趕快去救牠，以免被過路的車子壓碎了。我去到那找了一陣真找到好大一隻烏龜，就把牠送到湖裡安全無誤。

　　我也曾拿回家一個小烏龜養了幾個禮拜，觀察，研究一陣，再放回湖裡。還有一次把一隻小烏龜放在院子裡的一個小盆裡，幾個鐘頭後再去看，發現小烏龜已翻過盆子跑丟了。牠們求生、爭自由的本能很厲害。

花鯉魚與鯰魚

　　我最先是餵烏龜和鱉，後來發現有黃色的大花鯉魚和黑色的鯰魚（Catfish）也來了，最多達三十隻左右。

　　牠們動作比烏龜、鱉都快，有時為了搶大塊的麵包和味道好的魚頭，打起架來。但後來鴨子吃完自己的份量還嫌不夠，跳到水裡來搶龜、鱉、魚的伙食。鴨子眼快腳快，把別人的晚餐都獨吞了。我發現有時魚和鱉生氣了，會在水裡咬鴨子，弄得鴨子驚慌而逃。

　　這些龜、鱉、魚雖然沒有手錶，但時間算得很準。我每次到岸邊，牠們都已在恭候。去早了，有的魚還沒來，去晚了有的魚就早已走掉了。

■ 花鯉魚與鯰魚

花魚歡騰

　　最有意思的乃是當我餵完牠們後，就沿湖走一圈，幾十分鐘後回到原點時，天已昏暗，卻往往見到大魚跳躍出水。像是還想問我要些好吃的東西。

　　這使我想起當年李蓮英為慈禧太后做六十大壽，他請慈禧站到頤和園的昆明湖邊，只見眾多美麗的花魚飛躍出水。李蓮英當即讚頌老佛爺「萬壽無疆、萬物歡騰、普天同慶」。

　　李蓮英顯然和我一樣，先每天在岸邊餵魚，弄個把戲來唬主子高興的！

▌花魚歡騰

烏龜冬眠長

　　每到十月底、十一月初，我就發現來吃東西的烏龜、鱉越來越少，經研究才知牠們開始冬眠了。一般溫度到華氏六十度以下，牠們就不吃東西，逐漸進入冬眠，一直到次年三月初天氣暖和後才出來活動、覓食，足足睡了三、四個月。但其間天氣轉暖，有些龜、鱉會起來活動一陣。

　　據說在哈薩克斯坦的烏龜一年要冬眠九個月，無怪乎牠們活那麼長，很多時間都像《呂伯大夢》裡的呂伯一樣，都睡過去了。

　　我有個朋友，每天要睡十二小時，身體保養得很好。我對他說：「你是哈薩克斯坦的烏龜，別人活多一年，你小子就要多活四年，一定長壽！」

　　但在炎熱的地方，終年水溫都在華氏60度以上，那裡的烏龜是不需要冬眠的。譬如我去大西洋的加拉巴哥群島（Galapagos）島和印度洋中的毛里求斯（Mauritius）及附近的Rodrigues島，見到的大烏龜都是整年活動的。

烏龜冬眠長，但天氣轉暖的日子會醒來曬太陽

第五章：其他眾生

▋麻雀、小鳥

　　當鴨子、鵝、紅嘴紅腳鳥會餐之時，經常會有麻雀和其他幾種小鳥也來恭逢其盛。牠們最喜歡小米和高粱，吃得不亦樂乎！但牠們也最怕人，只要有人接近，就一飛而散，等一下會再回來吃；如看到人帶著狗來，則就一去不返了。

　　麻雀的壽命比較短，而且成活率不高。八隻剛能飛的雛雀中，只有一隻能活到可以傳代。紀錄中最老的麻雀只活過了十一年。麻雀必須有窠巢庇護才可過冬，要是沒有棲息處和食物，在零度的氣溫下只能活十五個小時。

▋左：麻雀
　右：小鳥

水獺

我們這個湖的小千世界裡，前幾年有好幾隻水獺，英文叫Otter或Bank Beaver，可能是一個家庭。經常在水面自由自在地游泳。這幾年可能由於修整湖堤，改變了生態，就少見到了，到前年（2016年）還有一隻。

每當我去餵鴨子、魚鱉時，牠總是游過來，登上岸與鴨、鵝、鳥為伍，湊個熱鬧。但牠從不吃我餵的穀類、麵包，僅是偶爾對一些魚肉有興趣。

後來我才知道牠是吃葷的，主要捕水中的魚、蛙、蟹、蝦為生。水獺身長約70-75釐米，圓條形的尾巴長達50釐米；頭扁、耳小、腳短，趾間有蹼；有很厚的的細軟絨毛，背部深褐色有光澤，腹部顏色較淡。身體呈流線型。

牠與海狸（Beaver）很像，但海狸的尾巴是扁平的，而水獺的尾巴是圓條形；另外水獺與澳洲的鴨嘴獸（Platypus）也有點像，只是嘴巴不像鴨嘴獸是扁平的。

水獺壽命最長可達16年。據說水獺性格兇猛，在遭到攻擊時，敢於向身形較大的進攻者發起反抗，甚至有咬死獵犬的記載。2014年，曾有多隻水獺在美國國家公園被拍攝到攻擊鱷魚的畫面。

但我們這裡最後這隻水獺非常「斯文」，有「翩翩君子」之風，每次上岸在鴨、鵝、鳥群中穿插，不搶牠們的食物，從沒發生衝突，總是相安無事，都成了老朋友。倒是有

時在草叢中聞來聞去，不知是要找點小蟲，還是像貓一樣找點草藥？久之，牠也成為我每天為伍的成員之一。

　　只惜去年初過冬以來就沒再見到牠了，不知是已遷地而去，還是命終歸天矣？令我懷念不已。也許那群鴨、鵝、鳥也還在等著這位老朋友歸隊。

■ 水獺

松鼠

松鼠（Squirrel）有很大翹起的尾巴，十四世紀時法國人用古希臘文的「幽靈尾巴」（shadow-tailed）而取了Squirrel這個名字。牠是哺乳動物，除了大洋洲和南極洲外，全世界都有分佈。

松鼠一般較小，但也有較大型的。譬如非洲的African Pygmy Squirrel只有2.8-3.9英寸、10克重，而在寮國有一種會飛的大型飛松鼠（Laotian Giant Flying Squirrel）身長達3英尺7英寸，在歐洲中部的Alpine Marmot體重高達11到18磅。

但在美國見到的多是美東灰松鼠（Eastern Gray Squirrel），原生長在北美東部，後繁衍到北美各地和歐洲。也有一個變種，毛色變為純黑（jet black），在Houston也有，但不普遍。松鼠一般以草食性為主，食物主要是種子和果仁，也會吃鳥蛋、水果如櫻桃等。部分物種能吃昆蟲，其中一些熱帶物種更會為捕食昆蟲而進行遷徙，甚至叼走山雀雛鳥。

松鼠是一個勤奮的工作者，整日忙碌覓食，同時儲存冬季的存量。牠們築窩在樹上或打洞在地下，寒冷冬季會撕開房頂的膠片，鑽到頂樓居住。

由於牠的體型較小，加之牠們生活習性易遭攻擊，成為許多飛禽走獸，譬如老鷹、狐狸、蛇、貓頭鷹、狗、浣熊（Raccoons）、黃鼠狼（Weasels、黃鼬）、野貓、家畜的捕食物。

許多人也討厭、射殺牠們，是以初生的松鼠大多活不到一兩年，能幸運成長的大概可活六年，但如人飼養則可活到十到二十年。

　　每當我到湖邊餵鴨、魚時，總能見到草上、樹邊幾個松鼠在找東西吃。有時也會來湊個熱鬧，跳過來吃一點我撒的玉米，但也從來沒有與鴨、鵝發生衝突，看來這裡的小松鼠是愛好和平的！

　　有一次我去餵鴨子，見到一隻松鼠也遠遠地跑來。我好心地丟了一把玉米給牠，未料牠以為我要攻擊牠，就轉身跑到馬路上去了。過一陣我回頭發現牠已滿身血泊地倒在馬路上，顯然是被剛剛過路的車子壓死了。令我十分難過，這生命的來去只在瞬間！

▌松鼠

┃鱷魚

　　美國南方的德克薩斯州、路易斯安那州湖泊、沼澤遍地，鱷魚（Alligator）很多。鱷魚在水中力大無比，沒有其他動物可與牠抗衡，有時爬上陸地，騷擾居民。一般五六英尺的鱷魚常見。

　　鱷魚大分為兩種，一種英文叫Alligators，另一種叫Crocodiles。Alligators主要只生長於美國南方及中國長江下游；而Crocodiles則在世界分佈較廣，非洲、中南半島、大洋洲、南美洲等地都有，但在美國只有佛羅里達州南端才有。Alligator大多在淡水生長，而有的Crocodiles在海水棲息。雖然都是灰黑色，但Alligator的顏色比較深；Crocodiles顏色較淺。Alligator比較溫和，除了在帶幼兒時，不主動攻擊人，但Crocodiles較兇猛，常主動攻擊人及大型動物。Alligator的嘴較短，呈U-型，在合嘴時沒有牙齒露在外面；而Crocodiles的嘴是V-型，合嘴時有的牙齒露在外面。

　　根據記錄，在路易斯安那曾出現過一條長19.2英尺（5.84米）的大鱷魚。鱷魚的壽命沒有一致的資料，但據記錄有一隻老鱷魚已經八十歲。

　　十多年前，我在我們村裡的湖邊見到過一隻小鱷魚趴在岸邊曬太陽。也許是村裡的管理人員為了居民及打高爾夫者的安全已將原有的鱷魚捕獲、遷移，最近十年來就沒有再見過。但並不一定湖裡絕對沒有鱷魚。譬如初生的小鴨子倖存率不高，湖中有鱷魚吃小鴨子是有可能的。

上：鱷魚
下：兩隻 Alligators在岸邊睡覺

上：六個月大的小 Alligator
下：Alligator（左）與Crocodile（右）頭
　　骨的差別

▌鸕鶿

　　我們湖邊的一棵大樹上，經常站著許多鸕鶿（Cormorants）。鸕鶿是「三棲」動物，牠能在天上飛，在地上走，最行的乃是能在水下潛游。

　　是以牠是捕魚高手。別的鳥類都是站在岸邊，或盤旋在空中，觀察、等待良久，好不容易才抓著一條魚。但鸕鶿捕魚很特殊，牠總是潛在水下相當長一段時間，游很長一段距離，往往總能銜著一條不小的魚出水飽餐。

　　牠們就在我餵鴨子、鳥類、魚、鱉的附近活動，但從不向我要東西吃，也從不跟別的動物爭食。因為牠們自己就是得天獨厚的捕魚老手。

　　世界各地，譬如中國桂林附近的漁夫，都用鸕鶿作為捕魚的助手。往往比自己撒網、下鉤還要有效。

　　一般鸕鶿的壽命是四到五年，但在日本的Ukai，由於環境和餵養，那裡的鸕鶿可活到十五到二十年。

上：鸕鶿之一
下：鸕鶿之二

禿鷲

禿鷲（Vultures）是在德克薩斯州常見的鳥類。這裡的黑禿鷲並不太大，比個鴨子差不多。牠們是勤奮的尋食者，也是最佳的清道夫。

我發現只要有死掉的動物，頂多不過一兩天，就會有一群禿鷲群聚而來，飽餐一陣。在我們這小千世界，時時不免有死去的鴨子、浣熊、松鼠、小鳥等；特別是在村裡的馬路上常有超速快行的車輛把過路的鴨子、烏龜、松鼠輾得血肉模糊。的確不需要人們費神清理，慢則一兩天，快的幾小時內，這些禿鷲就會找上門來，把遺物吃得乾乾淨淨。

牠們的眼力、情報令人佩服。因為牠們從不在這一帶棲息，不知住在何方，但只要一有動物死屍，牠們總是能很快地來此清理，飽餐後揚長而去。

據研究，禿鷲的壽命較一般鳥類要長，最長能活三十年。

上：禿鷲之一
中：禿鷲之二
下：禿鷲之三

蛇

　　蛇是除了極寒冷的地方，或偏僻的海島之外，到處都能見到的動物。德州氣候炎熱，更是蛇繁衍的好地方。

　　所幸我們村裡的高爾夫球場做了安全防禦，一般很少在球場、路邊見到蛇。但水蛇還是經常可見。一般只有一兩尺長，也不太粗。常見到水中的水蛇咬住小魚；也有爬上陸來灑太陽的。

　　一般只要人不去攻擊牠們，牠們是不會主動來咬人的。據推論，初生的小鴨子也是牠們的好餐。

　　蛇因為棲息無定所，樹敵太多，覓食困難，一般只能活四五年，但大蟒蛇有活到二三十年的。

左：蛇之一
右：蛇之二

烏鴉

　　烏鴉是常見的鳥類，而且往往是成群結隊、噪雜喧囂。據研究，烏鴉是在人類以外的動物界中具有獨到的使用，甚至製造工具達到目的的能力。也就是說烏鴉智商非常高，很聰明。

　　據說在日本一所大學附近的十字路口，經常有烏鴉等待紅燈的到來。紅燈亮時，烏鴉飛到地面上，把胡桃放到停在路上的車輪胎下。等交通指示燈變成綠燈，車子把胡桃輾碎，烏鴉們趕緊再次飛到地面上美餐。

　　自古以來，人們從觀察得知烏鴉是具靈性之鳥，各民族不是將烏鴉奉為「神鳥」，就是視其為「邪惡」。

　　野生的烏鴉可活13年，而豢養者壽命可達20多年。

　　烏鴉是雜食類，以穀物、果實、昆蟲及腐肉為食物。因為成群上萬，殘害秧苗和穀物，有害農作。但在繁殖期間，主要取食小型脊椎動物、蝗蟲、螻蛄、金龜子以及蛾類幼蟲，又有益於農。

　　烏鴉雖群聚，但大多不集群營巢。而是每對配偶各自將巢築於樹的高枝上。烏鴉終生一夫一妻。

　　我在湖邊偶爾見到烏鴉群，但牠們很少來吃我餵的玉米、穀類。大概牠們早已找到更好的地方大餐一頓。

上：烏鴉之一
下：烏鴉之二

鷺鷥

鷺鷥（Egret）具有長嘴、長頸、長腳，通常稱為白鷺。全世界共有17屬62種，牠們是濕地生態系統中的重要指示物種。

牠們通常安靜地涉行池塘、沼澤、濕地、河邊，經常一隻腳獨立在水中，靠靈活的脖子和魚叉一樣的尖嘴覓食蛙、魚、哺乳動物、爬行動物、兩棲動物和淺水中的甲殼類動物。於近水邊樹林或灌叢中營巢。據研究，白鷺的壽命高達16年。

在我們村裡的湖邊偶爾見到的是雪鷺鷥（Snowy Egret、Egretta thula），體型與成長的雞、鴨差不多一樣大，但頸子很長，身長總共約22到26英寸，展翼約3英尺。大多單獨立于水邊，也有三五成群在岸邊覓食。

這種雪鷺鷥非常美麗、潔淨、安詳，總是靜靜地守望、等待牠們的餐點。牠們很少與其他鳥類衝突，也從沒來吃我餵鳥的穀類與麵包。

上：鷺鷥之一
下：鷺鷥之二

蒼鷺與大白鷺鷥

　　蒼鷺和大白鷺鷥（large egrets）都是屬於Herons Family（科），只是蒼鷺是灰色，而大白鷺鷥是雪白色。蒼鷺又稱灰鷺，我們村裡的湖邊偶爾會見到大白鷺鷥，而在我釣魚的小溪旁經常看到蒼鷺和大白鷺鷥。長約三四英尺、翼展約五六英尺，性格孤僻，嚴冬、初春時節在沼澤、河邊常可以看到獨立寒風中等待魚、青蛙的蒼鷺，有時也吃哺乳動物和鳥。

　　牠們的叫聲深沉有似鵝的叫聲。蒼鷺終生一夫一妻制，壽命和鷺鷥相似，一般是十八九年，但曾發現有的蒼鷺活了二十三年。

　　我們這裡的小千世界幾乎沒有見到過蒼鷺。但只有一次在我餵鴨子、小鳥、魚、鱉的岸邊來了一隻約有四英尺高、展翼五英尺的灰黑色蒼鷺。當時把我嚇了一大跳，我懷疑牠是來「找我的」（見第158頁：與蒼鷺為友）。這其中的確有個耐人尋味的故事。

　　我們村裡的湖邊偶爾會見到大白鷺鷥，而在我釣魚的小溪旁經常看到蒼鷺和大白鷺鷥。

上：大白鷺絲
下：珍貴的粉紅大白鷺鷥

上：蒼鷺
下：飛翔的蒼鷺

鶴

　　我在湖邊曾看到過鶴（Crane）。鶴與蒼鷺很像。但雖然看起來相似，卻有很大差別。最主要的不同在於頸子。鶴的頸子比蒼鷺的短，而且一般都是伸直的，特別在飛行的時候。

　　蒼鷺的頸子彎曲呈S型，即使在飛行時也不伸直，而是把頭部提高揚起。另外鶴的嘴（Beaks）比蒼鷺的要短。

　　鶴科（學名：Gruidae）在動物分類學上是鳥綱鶴形目的一個科，包括四個屬及十五個物種。鶴是鳥類中體型較大（全長80至175公分）也較著名的家族，大多分佈於歐亞大陸與非洲大陸，少數幾種則分佈於澳洲及北美洲。

　　生長在中國的丹頂鶴是最長壽的鳥類之一，一般可以活到50-60年。所以中國人以龜、鶴作為長壽的象徵。

 鶴（Crane）

老鷹

我們村裡很少看到老鷹，主要是住家所在，加之有高爾夫球場，老鷹怕人。這也是紅嘴紅腳鳥選擇在此從初秋到初春棲息半年的原因之一，這裡比較安全。

老鷹一般指鷹屬的各種鳥類。全世界有五十九種老鷹，分為四大族群。大體說來，同一族群內的老鷹有許多類似之處，體形很相像或吃的食物類似；但是同族群老鷹也有顯然相異之處，例如體型大小，羽翼顏色及構造。老鷹分佈在地球上除了南極洲以外的每一個大陸，在沙漠、叢林、沼澤地、樹林、高山、海濱都有老鷹的蹤跡。所有的老鷹都是白天獵食，夜晚休息。

鷹的四大族群可分如下：

1.以魚為主食的海鷹（Fish Eagles and Sea Eagles）

有十一種鷹歸屬此族群，牠們體形很大，居住於淡水或海水之濱，以獵魚及水邊鳥類為食物。美國國鳥的北美洲白頭鷹即是其中之一。

2.角鷹（Harpy Eagles）

有六種鷹屬於此族群，牠們的體型是鷹類中最巨大的，有重達九公斤的。分佈於非洲，中南美洲及南部墨西哥，主要棲息在雨林中，以獵取哺乳類動物如猴子、小山羊、及飛

鳥為食物。菲律賓雨林中有一種專吃猴子的老鷹（Monkey-eating eagle）是世界上第二大的老鷹，它的眼睛顏色是藍色的，不同於其他種類的黃色，橘紅色或棕色。

3.腳上生羽毛的老鷹（Booted Eagles）

有三十種鷹屬於此族群，體型大小不一。牠們最大的特徵就是羽毛從腿部一直往下生長到腳上，看上去好像穿了靴子。全世界只要有老鷹的地方都有此類鷹分佈，金鷹即為其中之一。

4.吃蛇老鷹（Snake Eagles）

有十二種鷹屬於此族群，體型較小，分佈於沙漠，樹林及平原，以蛇為主食，也吃蜥蜴、蛙類。

各種鷹體型大小不一，一般略為半米至一米左右。野生老鷹大約活二十年，豢養的鷹可活四十年。

左：老鷹之一
右：老鷹之二

天鵝

我們村裡的湖上在幾年前曾有兩隻白色的天鵝（Swans）。乃是村民先在家中飼養，然後放養到湖上，後來剩下孤零零的一隻。過了一年，那一隻也不見了。

天鵝的體型較鴨、鵝都大，美麗而斯文。天鵝屬在生物分類學上是雁形目、鴨科中的一個屬。這一屬的鳥類是游禽中體形最大的一類。

天鵝屬在除非洲以外的各大洲都有野生種或亞種分佈。白色的四個種分佈在北半球，統稱為白天鵝或北方天鵝（Northern hemisphere Swans）。黑色的黑天鵝分佈在南半球的澳大利亞等地，黑頸天鵝分佈於南美洲，牠們與另一個屬的扁嘴鵝（Coscoroba）合稱為南方天鵝（Southern Hemisphere Swans）。

天鵝的體形較大且脖頸修長，不同種喙的顏色有明顯的差異，有的如疣鼻天鵝和黑頸天鵝的喙基部有明顯的突起。天鵝的身體呈兩頭尖的橢圓形，腿較短，腳黑色。幼鳥體羽多灰褐色。

天鵝以水生植物為食，也吃螺類和軟體動物。壽命20年左右，長者可達35年以上，這在鳥類中是比較長的；多數是一夫一妻制，相伴終生，一年繁殖一次；常以家庭為單位結伴活動，以小家庭結伴共同撫養後代。

▌天鵝

狗

　　我們在湖邊經常見到村民帶狗散步。狗的種類繁多，白、黑、黃、花各異，體型有大有小。一般都是由主人用繩子牽著，但也有跟著主人前後，自由行動的。

　　大多的狗都循規蹈矩，主人也特別小心，盡可能避開鴨群與鳥群。但也有少數跟著主人闖進正在就食的鴨、鳥之中，弄得鴨逃鳥飛。猶有甚者，在主人的驅使、放任下追逐鴨、鳥與鵝，也曾造成死傷。

　　狗的壽命大約在13-18年之間，最長的也有20年以上，不過較少見。

左：小狗
右：小狗與主人

青蛙

　　我經常在湖邊見到青蛙，塊頭還不小，都不是蟾蜍（癩蛤蟆）。

　　牠們見到我去，立刻都跳到水裡去。以致我一直沒有機會觀察牠們的活動，只知道牠們是這裡大、小湖中的一員。

　　青蛙的種類非常多，全世界有4800種。

　　自然界的青蛙，因為天敵太多，一般的壽命為5年左右。但人工養殖就能活得長些，大概可以高達13年左右。而且各種青蛙的壽命也有不同。一般來說，體型越大的壽命越長，譬如牛蛙就可以活16年。

蚊子、紅火蟻、蚯蚓

當我去湖邊餵鴨子、鳥的時候，有時會被蚊子咬，需要噴點殺蚊劑。偶爾也見到一些火蟻和蚯蚓。

據我瞭解，蚊子的生活史包括卵、幼蟲、蛹、成蟲四部分，一般卵1-2天，幼蟲期5-7天，蛹2-3天，成蟲羽化至吸血產卵3-7天，整個世代1-2周左右。蚊子的壽命很短，雌性平均為3-10天，雄性為10-20天。牠們生命雖短，但活得很起勁，咬起人來很厲害！

紅火蟻（Red Imported Fire Ant，常簡寫為RIFA）是火蟻的一種，也是農業及醫學害蟲，源生於南美洲；在1930年代傳入美國，並於2001年及2002年透過貨櫃運輸及草皮外銷等途徑從美國蔓延至台灣、澳大利亞、中國廣東省吳川縣，繼而蔓延至廣東省其他城市以及香港和澳門。紅火蟻被國際自然保護聯盟物種存續委員會的入侵物種專家小組（ISSG）列為世界百大外來入侵種。

像其他螞蟻一樣，紅火蟻的巢裡大多數是不能生育的工蟻，只有一隻有生育能力的女王。每一年女王都會繁殖一些有生育能力的「王子」和「公主」，讓牠們飛出巢交配，然後「王子」死去，「公主」乃成為女王，飛到3~5公里外另築新巢。紅火蟻繁殖速度很快，數量巨大，成熟蟻巢的螞蟻個體數可達20萬至50萬隻。

紅火蟻的蟻后壽命約6~7年，職蟻（工蟻和兵蟻）壽命

約1~6個月。紅火蟻可通過帶泥植物貨物運輸長距離進行擴散，也可以通過雌雄火蟻交配後擴散。

如今在美國德州，住家院落及草地經常可見到許多細沙隆起的紅火蟻窩。人們不小心腳踏到，就會被紅火蟻咬慘，腫痛難受，有的人還需送醫院急救。紅火蟻是人見人厭的壞東西。

我們的湖邊，因為高爾夫球場的管理措施得當，一般較少見到紅火蟻。

蚯蚓在很多地方，幾乎掘土半尺便可找到，堪稱十分成功物種；蚯蚓曾被生物學家達爾文稱之為地球的生物進化史上最有價值的動物。蚯蚓是雌雄同體，異體受精，生殖時藉由環帶產生卵繭，繁殖下一代。目前已知蚯蚓有3000多種，其中生活在澳大利亞的Megascolides australis體長達3米。一般認為蚯蚓的壽命在五年以內，但存在爭議。

我有時在家裡的後院挖幾條蚯蚓作釣魚的餌，也用來餵烏龜。在村裡湖邊也很容易挖到蚯蚓。特別在大雨後，蚯蚓常會爬到地面。

左：蚊子
右：蚯蚓

上：紅火蟻窩之一
中：紅火蟻窩之二
下：紅火蟻窩之三

浣熊

　　浣熊（Raccoon）在德州野外是常見的中小型動物，但在我們村湖邊很少出現，大概是由於高爾夫球場裡常有人走動，牠們就跑到遠處去了。

　　浣熊性情兇猛，可能也是吃小鴨子的元兇。但因體型不大，也常被攻擊、捕食。一般壽命只有幾年，但人飼養的有活到超過20年的記錄。

▎浣熊母與子

▍臭鼬

　　臭鼬（skunk）在世界上有17種。在美國德州的多是黑白花色，牠見到敵人會轉身豎起尾巴，從肛門附近噴出一種液體，如果噴到敵人眼睛，敵人就受不了。

　　臭鼬在德州野外是常見的小動物，但在我們村湖邊很少出現，高爾夫球場裡常有人走動，牠們就離開。

　　我只見到過一次有一隻臭鼬在小湖邊走動，還和一隻鴨子較勁，雙方對陣，叫了幾聲就分手了。

　　根據研究，臭鼬一般的壽命可長達八到十九年。

▍臭鼬

不速之客——埃及雁

　　有一天我去餵鴨子和鳥，突然發現來了兩隻不速之客。牠們體形比鴨子要大，但比鵝要小些。經詢查，應該屬於野雁類（Wild Geese）中的埃及雁（Egyptian geese）。

　　這一對埃及雁也來吃我餵的穀子，與現場的鴨、鳥、鵝也相安無事。過一陣牠們又到附近走走，同時大聲吼叫，非常活潑。

　　第二天我去時就沒有再見到牠們了，顯然牠們只是在季節遷移時路過此地。

　　這個冬季，我經常看到有過境的埃及雁來吃我餵的東西，停留一兩天就飛去了。最有意思的乃是牠們只吃細粒的鳥食，從來不吃玉米。我看牠們是土包子，從沒見過，也不知玉米是好東西！

不速之客——埃及雁

北美負鼠

　　北美負鼠（Opossum）是棲息在美國唯一的有袋類動物
（Marsupialia）。牠是獨行及夜間活動的動物，約有家貓的
大小。牠們分佈在中美洲及北美洲，其祖先在南美洲開始演
化，在300萬年前藉南北美洲生物大遷徙而進入北美洲。北
美負鼠像浣熊一般出沒在城市中，是雜食性的，吃不同類別
的植物及動物，喜歡吃寵物食物、腐爛的果實及人類垃圾。
雖然很多人將北美負鼠誤以為是大的家鼠，但牠們其實與齧
齒目沒有關系。

　　北美負鼠的外表很兇惡，但面惡心善。牠們一般長38-51
釐米，重4-6公斤。牠們的毛皮呈深灰褐色，面部的毛呈白
色，尾巴很長，沒有毛，能抓著樹枝及細小的物件。

　　北美負鼠最特別的是在面對危害時會裝死。在面對嚴重
的危害時，牠們會極度的反抗，包括哮叫及張牙舞爪。在有
足夠的刺激下，北美負鼠會接近昏睡達4小時。牠昏睡時會
躺在一邊，口及眼睛張開，舌頭伸出，從肛門排出綠色的液
體，發出腐臭的氣味來驅逐掠食者。

　　北美負鼠像其他的有袋類般，其壽命很短。野生北美負
鼠最長的只可活2年。若活在島嶼上而沒有掠食者的環境，
則可活多50%。縱然是蓄養的，北美負鼠也只可以活4年。

　　我在湖邊偶然會見到負鼠，有時在村裡的馬路上也見到
被車子壓死的負鼠。

上：負鼠
下：村裡馬路上被車子壓死的負鼠

下篇：我的釣魚生涯

我稱不上釣魚老手，年輕時幾乎沒有釣過魚，只曾偶爾應景而已。退休以後搬到休斯頓附近Sugar Land的鄉下。冬季某天，我開車在田野裡兜風，經過一條小溪，見到溪旁有幾個人在釣魚。他們每個人都頻頻上鉤，收穫不少。

這令我感到非常奇妙，因為我從來沒有見到那麼容易釣到魚的地方。於是趕緊就到店裡買了一根很長的魚桿、綁上很粗的魚線和很大的魚鉤、假魚餌，還買了釣魚執照，立刻回到小溪旁開始釣魚。

很快地我就釣到四條白鱸魚（White Bass），我十分興奮，拿回家刮鱗、破肚、下鍋，這鱸魚的確美味可口。

我第二天再回去釣，結果一條都沒釣到，令我十分失望。看到其他人還是頻頻上鉤，感到十分詫異，於是就去請教旁邊的垂釣老手。

他們對我說，一看就知道我是個生手，桿子太長、線太粗、鉤子太大、假餌綁得不對、收線太快、魚咬上鉤時動作不對，這樣的裝備和技術是很難釣到此溪中的名貴鱸魚的。

這使我瞭解到原來釣魚這一行還有那麼大的學問。於是就開始慢慢地跟著那些老手學習、從實踐中汲取教訓，漸有長進，也開啓了我的釣魚生涯。

第六章：德州河釣

▍神祕的小溪

這條小溪距我們村子約十分鐘車程，是一條半人工的小溪，修建於上世紀五零年代，主要是為了提供一座燃煤發電廠的冷卻用水，也用作附近農田的灌溉。

在那裡有個半人工，約三千英畝的湖泊。這個大湖是發電廠的私有地盤，嚴禁附近居民進入。由於面積廣闊、優良的環保，加之電廠排放溫水，成為魚類的最佳居所。

這個私有湖只有一條上游的進口河道，也就是距我們村不遠的那條小溪。這條小溪的水是從十多英里遠的一條大河——Brazos River抽水而來。每當冬春之時，許多魚都要逆水而上到小溪上游產卵、交配，使得這裡成為垂釣的天堂。

這裡冬春最多的是白鱸魚（White Bass），稍晚時節則為鯰魚（CatFish）、Buffalo Fish、淡水石首（Freshwater Drum、Gasper goo）、Alligator Gar，偶爾還有大嘴鱸魚（Largemouth Bass）、吳郭魚（Tilapia）等等。

上：神秘的小溪之東
中：神秘的小溪之西
下：小溪是垂釣的天堂

上：小溪的垂釣者與狗
下：鯰魚

上：白鱸魚
下：30磅重的Buffalo fish

每年收穫無常

　　這條小溪普通只有八九米寬，我們釣魚的一段自西向東蜿蜒約四公里。從12月中旬開始，到次年三月初，白鱸魚總是游到上游來產卵和體外交配，最先多是較小的公魚，一般從一月底到二月中達到高峰，大的公魚和母魚都湧到上游，是釣魚最好的季節。

　　但年成有好有壞，好的年成魚群塞滿溪水，魚也較大，有大到十七八英寸的。小溪兩旁擠滿人群，大多數人總是滿載而歸。我每天都會去一兩次，有時黎明時分就趕到，九點多鐘就已釣到法定的單日極限——25條。最近有一天清晨，我走了大運，只花了45分鐘就釣滿25條，還不到8點鐘就高高興興地回家休息了。

　　但也有不好的年成，譬如2015年，河邊營建一個新社區，施工期間吵鬧聲日夜不斷，魚也怕得不敢來了。我釣了幾個月，總共也就和那好年成一小時釣的一樣多，也是25條。此一時，彼一時也！

　　今年（2018年）是個大豐收年，創下歷史的記錄。我就曾多次釣到25條的極限。釣到魚大部分分贈親友。中國城邊束老闆的長江餐廳烹飪鱸魚美味可口。嚴冬之際，「鱸魚堪膾、盡西風」。我總是邀親朋好友去那歡聚，品嚐鮮美鱸魚，小酌暢敘。

上：豐收之一
下：豐收之二

上：豐收之三
下：十磅的鯰魚

▊山村野人——Joel

　　有一年冬天又逢上白鱸魚豐收之際。天未破曉我就早起，趕到小溪邊，準備大顯身手。因為天時頗早，大多人還在睡夢中，河邊僅我自己和八九米遠對河的一個老美。

　　這老兄是個足足有三百磅重的大胖子，看來他身手敏捷，手技不凡，只見他頻頻上鉤，一陣就釣到五六條白鱸魚了，而我還一條都還沒能釣到，沒有開張。過了一陣，大胖子忽然離開了，原來他覺得釣得不如理想，太慢了！

　　他跑到上游大概離我150碼的地方，又在那裡重起爐灶，頻頻得手。那時我在這邊半天還是沒有釣到一條魚。於是覺得既然他那邊那麼好，肯定魚都在那裡；但又怕太接近他，會挨他罵：「你滾開（get out of here！）」我就慢慢地向上游移動，最後走到距他還有30碼的對岸，開始重新甩鉤。我甩下去一次，沒有魚；再甩一次又沒有魚；接連甩了四次都落了空。只是看到他還是一條條地上鉤，大概他已經釣到20條魚了。

　　我正在著急的時候，突然聽到他在對河叫我：「來這裡，魚在這裡！」這使我非常感動，因為有些人總是說滾開，而不是說來這裡的。我慢慢地走到他的對河之處，開始甩線。甩了一次沒有魚上鉤，再甩了一次又是空空如也。他在對河教我把我的的假魚餌甩過去給他看看；於是我就把魚餌對著他甩了過去。他接了我的魚餌，看了看，二話不說就用牙齒咬掉丟在地上，然後從他的荷包裡拿出一套新的假魚

山村野人——Joel

141

餌，僅花了二十來秒鐘就裝好了，然後教我再試試。也真奇怪！一甩下去就有一條好大的魚上了鉤，接著一次又來了一條，這樣連續釣了三條。這真使我驚喜萬分，對大胖子蕭然起敬，問他：「你怎麼那麼厲害！」他卻淡然地對我說：「我名叫Joel，你知道我是靠什麼吃飯的嗎？我是釣魚師（Fishing Guide），專門帶人家、教人家釣魚的！」我就立刻拜他為師，開始跟他學習釣魚。

多年來，我從他那裡學到許多釣魚的技術，同時也領略到許多以前未曾體驗的釣魚樂趣與人生智慧。Joel比我小20多歲，為人粗獷坦誠、風趣十足，乃德州鄉下土生土長，從四歲起就跟著祖父學釣魚，後來也成為打獵的高手。他對我說他從來不買魚和肉，都是靠自己去釣魚和打獵。

休斯頓附近哪裡釣魚好？釣哪種魚？什麼時候去釣？用什麼方法去釣？他都瞭若指掌；德州南部好的打獵地方，他也清清楚楚。他從不擔心股票漲跌，因為他根本沒有什麼錢，他住的是一個拖車（Trailer），經常會淹水；每當漲水的時候他就要移動到地勢較高的朋友家的院子裡。

我跟他一起乘他的船到Matagorda海邊，科羅拉多河（Colorado River）的一個三江口去釣了很多次魚，幾乎每次都是滿載而歸。他的冰櫃裡總是放滿魚和肉，他有時送我一些鹿肉和魚。我有時也向他買些比目魚和鱒魚（Speckled Trout），他的魚總是處理得乾乾淨淨，有板有眼。

有一次我同他又去Matagorda科羅拉多河的三岔口去釣魚。頭兩小時只釣到兩條，情況很不好。正在納悶，Joel突然對我說：「魚群來了，我們重新綁線。」他把鉛錘丟

掉，只加上一顆小鐵丸，然後對我說：「現在正在退潮，水向下游急流，你把線向上游甩，讓它順水向下漂，只要一有感覺就立即猛拉，接著收線。我如法照辦，果然幾乎每次甩線都有魚上鉤，忙壞了。

只是那天來的魚有兩種，一種是眼斑擬石首魚（Red Drum），我們一共釣到約八十條，但幾乎每條都是十八九英寸，比德州法定可以拿的二十英寸剛好只差一點點，結果都丟回水裡，只留了一條剛好二十英寸多一點，合於法規的石首魚。另外的一種是帶斑點鱒魚（Speckled Trout），我們釣到十八條，個個都有十七八英寸，滿載而歸。

這兩種魚咬鉤的動作大不相同，每當上鉤之際我們就知道來的是那種魚，收線的方法也稍有不同。

Joel對各種鳥、魚、獸以及植物、蔬菜都清清楚楚，對於各種機件也瞭若指掌，對各種體育也精通，是一個典型的德州鄉下佬。有一次釣魚過後，他教我陪他到河邊去收集漂木，給他做動物標本的底座。他在那裡問我：「你有沒有聞到野豬的味道，這一帶有很多野豬！」事實上我哪能聞得出野豬，不過才知道像Joel這種山野村夫對大自然瞭解之深！

我請他在中國人社區作了一次有關釣魚的演講，聽眾來了近百人，大家對他的釣魚經驗及技術都十分佩服。與他在一起總會覺得十分輕鬆、寫意，世間一切塵事都忘卻，陶醉在大自然、釣魚之中。

可惜去年（2017年）夏天哈利（Harvey）颱風來襲，把他的拖車營地淹沒，他損失頗巨，遂決定搬離休斯敦。我再也沒有見到他，也沒有聽到他的消息。只是我一直在懷念著他！

上：山村野人──Joel
下：Joel與魚

上：Joel釣到的大鱒魚（Speckled Trout）
下：Colorado River三江口垂釣

游泳池

這條神祕的小溪有一個地方原來有一個老木橋，後年久失修，乾脆就拆掉了事。但水底留下許多木樁，成為冬春產卵時期鱸魚群居的場所。此處河面因建橋形成一個圓形的小湖，我們稱它為Swimming Pool（游泳池）。

每當季節到來，這裡總是擠滿了人，這裡的魚經常又多又大。高手到此，一兩小時就釣到二十五隻的單日極限。連我這種「中等之資」也常在此收穫不少。

但這裡有兩點隱憂。第一乃是甩出去的魚餌很容易被河底的橋樁和其他障礙卡住。往往只得拉斷線，放棄魚鉤、魚餌。另外釣魚的人太多，甩出去的線經常與別人的線纏在一起。解開很花時間，有時只好剪斷魚線，損失魚鉤和魚餌。

碰到好的年成，人人滿載，游泳池邊的人太多、太雜，丟了一大堆啤酒、可樂空罐和垃圾。往往警察就來趕人，不准在游泳池邊釣魚。我就被趕過不少次，但在那裡從沒拿過罰單。

左：游泳池之一
右：游泳池之二

▌暴雨之後

　　這條小溪除了游泳池及後來加寬的一段大河外，一般只有7到10米寬。但每當大雨過後，四處積水都匯流入溪，河面就不比尋常了。譬如在BD橋附近可達到80到100米寬。

　　這時大量原在發電廠邊大湖裡的魚就會游向上游。最多的是鯰魚（CatFish），其他還有吳郭魚、鱸魚、Buffalo Fish、Alligator Gar等等，經常會有鱷魚游上來找東西吃。我就見到一個人釣到一條六英尺長的鱷魚，弄了很久擺脫不掉鱷魚，只好把線切斷，讓鱷魚跑掉。又有一次我看到一個越南人想多釣大魚，大雨後站在水中垂釣，我趕緊警告他，趕快上岸，否則遇上鱷魚就不堪設想了。鱷魚是水中之王，力大無比，兇殘萬分，在非洲的鱷魚（crocodile）連長頸鹿、水牛、獅子、老虎在水裡都弄不過牠們，千萬別去惹！

　　有一次漲大水，我遇到一位墨西哥老人——Philip，他告訴我他看到一條很大的Alligator Gar，他正在準備用鏢槍去捉牠。幾小時後我又見到Philip，他告訴我他花了很大勁，終於把那條大Alligator Gar弄到手，他說那條魚有189磅重。這是我所知道在這小溪見到過最大的魚。

　　Alligator Gar的腥味很重，幾十年前我釣到一條兩英尺長的，用鋸子鋸開，刮鱗，弄了個把鐘頭，放了不少蔥薑，又加了很多辣椒，煮好後嚐了第一口就受不了，全部倒到垃圾桶裡，後來洗鍋子就花了半個鐘頭，總算把腥味去掉。

但每當大雨過後的十幾小時，水中夾帶許多樹枝、灌木，也非常混濁，這時很難釣到魚。等過了一天後，水裡垃圾少了，也比較清一點，就是魚上鉤的時候了。

　　另外每當大雨後，電廠的大湖就會儲水太多，就必須打開大湖出口的閘門，放水流到Brazos河去。在下游有兩座小橋。到時總是擠滿各路釣魚高手，人人都豐收，釣到最多的是鯰魚。但2017年休斯頓大水災，那座橋也被淹了，警察也把去路堵死，沒人可去大撈一把了。

上：暴雨之後的小溪
中：電廠大湖下游放水流到
　　Brazos河去的小溪──
　　平日景觀
下：電廠大湖下游放水流到
　　Brazos河去的小溪──
　　暴雨後景觀

Mr. H

　　Mr. H身材短小，永遠帶著一頂鴨嘴帽，我與他相處一兩年後才發現他原來是個禿子。

　　只要到了季節，無論早晚，你到小溪旁總能見到他。既使他不在釣魚，也會在河邊吹牛。這小溪就是他的精神寄託所在，也可說是他的「教堂」。

　　他釣魚的技術很行，我從他那學到不少。他每天沿著小溪上下不停地釣魚。據他說有一次他連續釣了幾天幾夜，一共釣到兩三百條。他是一個知法玩法的傢伙，從來不管每天25隻鱸魚的法定限量。

　　他有許多招術對付警察和Game Warden.，譬如釣到25條就趕快回家，把魚放在冰箱裡，立刻再回到河邊繼續努力，從新算起。有時乾脆就不回家，而是把魚分開串在幾條繩子上，分別放在不同地點的水裡。到回家時，趁沒有警察就盡快一起拿回家。

　　他很江湖，好幾次指著遠方對我說他在那邊的水裡綁了一些魚，教我去找找，找到就拿回家去。有一次我真找到一串魚，但也有時什麼也沒找到。卻是有一次在水邊看到一條鐵鍊，拉出水一看約有二十來隻魚的骨骸，猜想是Mr. H栓好放在這，結果他忘記拿回家，一兩周後魚都餓死，成了其他魚鱉的大餐。

　　他很能喝啤酒，整日手不離啤酒。有一次他幫我把陷在

泥裡的車子拉出來，我為了答謝他，送了兩打啤酒給他。未料不到兩天他就問我還有沒有啤酒，原來他只花了一天多就喝光了24罐啤酒。

據說警察和Game Warden給過他十幾張釣魚違規的罰單，但他從來不去法庭、也不付款。從兩年前起，他不再來小溪釣魚了，聽說他又釣魚違規被警察抓住，被吊銷執照終生，如被發現再釣魚，則立即移送監獄。據說他現在不能釣魚，只得改行去釣女人了！

瞎子釣魚

　　有一天我到小溪邊釣魚。見到兩個人坐在河邊，其中一位拿著很長一根魚竿，緊緊地握住。

　　我知道他們顯然是在釣鯰魚，以致好心地對他們說道：「二位先生，我看你們是想要釣鯰魚的，但我想告訴你們鯰魚咬鉤子非常用勁，所以你們不必費神一直拿著魚竿，只要把魚竿插在地上，等鯰魚上鉤時，你的魚竿一定搖動，你再去收魚竿就可以到手了。」

　　未料其中一位非常溫文有禮地對我說：「他是我弟弟，是一個瞎子！因為我昨天在這裡釣到十七條很大的鯰魚，非常高興，所以今天就帶他來，希望能讓他「感覺、體會」一下釣魚的樂趣！」

　　我當即感動得啞口無言。我在想：「這個哥哥比海倫·凱勒（Helen Keller）還要偉大。海倫·凱勒在她的名作——《假如給我三天光明》（Three Days to see）中希望上帝讓她的眼睛能打開三天看看這美麗的世界。而這位哥哥卻試著能在沒有上帝恩賜之下，讓他的瞎子弟弟和常人一樣，感受到「釣魚之樂與生之可貴」！

▍兩次非法闖入禁區被罰款

我們這條神祕的小溪彎彎曲曲流過許多地方，但可以讓人釣魚的地方並不多。在BD公路橋以東的兩旁是George Ranch的農地，在公路橋下向東十來米處立有幾個牌子，上面寫著：「No Trespassing」（嚴禁進入）。但根據德州的法律，河流屬於公共區域，任何人有權可以在河裡釣魚。雖然河的兩岸為禁區，但可站在不准進入的牌子以西，放線到下游去釣魚。如果越界進入禁區，警察和Game Warden都可以給你罰單。

而在BD公路橋以西向上游走約四公里又有一個橋橫跨RF公路。這四公里的兩岸屬於許多不同的地主，這兩三年開始建了一些住房。這一帶的法規不太明朗，往往大家都可進入，並且到處都有人釣魚。每當好的年成，釣魚的人太多太雜亂，警察和Game Warden就會來趕人，教大家回到BD公路橋下東西各十幾米處釣魚。但雖然趕人，但從來沒有給過罰單，最多只是警告。我在那裡曾被書面警告一次，口頭警告十多次，也可稱為「慣犯」了。最近插了個牌子，上面寫著非法進入者罰款可高達500元。但也從沒有真正執行。我們猜想插牌子的人也沒有充足的法律憑依。

最有趣的乃是BD公路橋向東一百多米處是一段最佳魚窩（Fish Hole），也許是當年修築渠道時在這一段弄得較深，以致此段成為水中魚類食物沉澱較多的區域。這裡往往是能

釣到最多、最大的魚的好地方。每當鱸魚季節來臨，總有許多人冒險進入禁區，經常都是豐收，但也屢屢拿到罰單。

給罰單的有好幾個警察和Game Warden，其中最屬害、最鐵面無私的是Mr. M。Mr. M被大家稱為「Son of Bitch」（混蛋、母狗、淫婦的兒子），因為幾乎大多在此釣魚的老員都吃過他的罰單。連我都被他罰了兩次。

第一次是十一年前，我當時在這裡還是個新手，一天下午我經過BD公路橋，本不打算釣魚，只停下來聊聊天。見到兩個人在釣魚，還有一個人穿著便服，並沒釣魚，只是談天。我與他們談了幾分鐘，一時興起，走過禁區之界僅一兩米。這仁兄突然拿出警察徽章，要寫罰單給我。我覺得太冤枉了，請他開一張「警告罰單」算了。他告訴我可到法庭去和法官商量，問題不大。

我信以為真，幾周後就到Rosenberg的法庭，當天法庭裡擠滿了各種案件出庭的人。等了一個多小時才輪到我，我一上去就想向法官訴苦，他卻和藹可親地對我說：「哈哈！我知道你是到BD公路橋釣魚私入禁區而來的，這種違法事件可大可小，但你不必擔心，這次就罰你20塊錢了事算了。」我一聽就高興狼了，也就謝謝他，立刻離開法庭，到出納組去繳費。未料那位女士不停地在打字，我問她：「不是交20塊就了事了嗎？」她對我算：「沒那麼簡單，20塊是罰款，還有山庭費、給罰單警察的獎金、法庭看守警察的服務費、……，一大串。」結果我總共付了86元。

這一次之後，我十分警惕，盡可能不進入禁區，有一兩年沒再吃罰單。但有一次因為禁區內的人釣得太好，我情不

自禁闖了進去。正好上次給我罰單的那位警員——Mr. M來
到橋頭，他又把我送到法庭去了，這一次我交了一百多塊。

　　從此以後，多年來我再也沒有拿過罰單，據說現在行情
見漲，一張罰單大約要兩百塊錢了。

上：小溪向東禁止入內的牌子
下：小溪西邊禁止入內的牌子

Mr. M與午夜驚魂

老王比我大幾歲，他家在重慶，因為兩個女兒都在休士頓，每隔一陣就來這裡住一段時間。我與他偶遇相識，交談甚歡。他非常喜歡釣魚，我經常約他一起到小溪或海邊垂釣。

當我吃了Mr. M給我的第二張罰單兩周後的一天下午，我與老王在橋下禁區之外的河邊釣魚，成績平平。卻見到許多進到禁區內的人都是豐收，釣到很多大的鯰魚。我當時靈機一動，對老王說：「看樣子，現在魚都被下游這些傢伙釣走了，我們站在這是沒份了。我們現在就回家，等到晚上再來，那時沒人管，我們到禁區內釣個過癮！」

老工也欣然同意！當晚八點來鐘，老王與我又到橋下，只見禁區內已有十來個人，他們都釣得不錯。我們過了禁區界線，走了一百多米，開始下桿。很快鯰魚就頻頻上鉤，而且塊頭都不小。個把鐘頭後，我們已釣到十幾條大魚。時已近夜間十點，眾人紛紛離去，老王與我也就收拾行當打烊了。

正在向橋邊走的半途中，突然看見東邊岸上George Ranch高處的土路上有一輛車子向著我們而來，越來越近。我遂與老王坐在河邊地上，因為那夜沒有月光，遠處看不到我們。車子越過我們後在橋邊停下，接著就慢慢回頭而來，我以為就沒事了。

　　但突然聽到有人在叫我的名字——Frank，我非常詫異。頃刻之際，車停了，出來一個人拿著手電筒在找我們，可把我嚇壞了。此人走下高坡，到了河邊，我一看原來又是Mr. M。他用手電筒照著我，對我大聲吼道：「又是你！這次我要把你送進監獄（send you to the jail）！」據釣魚的老手告訴我，所謂「送進監獄」就是直接去警察局待一下，然後可能罰500元。

　　我當時還算鎮定，但最為老王擔心，怕連累了他，使他以後簽證有困難。於是對Mr. M說：「王先生和我都是好居民，熱愛德州，我為了要王先生多體驗德州之美，盡量帶他多走走、瞧瞧。是以稍有不慎，尚請Mr. M多多包涵！」Mr. M盛怒而言：「不行！你是屢犯不改，非送你去監牢不可！」我又求道：「幾年來你我都是老朋友了，什麼話都好說，就饒了這次好吧，以後再被你抓到，再送監牢好了！」

　　正在我慌張萬分之際，突然聽到Mr. M大叫：「你給我滾開（get out of here）！」我大喜若狂，立即說道：「Thank you very much（非常感謝您）！」同時情不自禁地伸出手要同他握手。他愣了一下，拒絕和我握手，但加了一句：「你把魚和魚竿都留下來！」我和老王趕快把魚竿和十幾條大魚丟下，匆匆而去。

　　第二天一大早，我又趕回河邊，查了一遍，肯定Mr. M把老王和我的魚竿和十幾條大魚都拿歸己有了。幾天後我到Academy去買魚鉤，見到經常在小溪釣魚的Mr. P。Mr. P是此地土生土長的華裔青年，現在Academy做事，他釣魚手技高超，我從他那學習到不少釣魚的要領。他對我說：「前一天

我碰到Mr. M，他對我說你好大膽，剛拿一張罰單，又晚上闖進禁區去。他這次還要寄一張罰單給你。」這可把我嚇壞了。我把當夜的情況說了給Mr. P，他突然臉一變，告訴我：「好傢伙！Mr. M這樣做是違法的！他不是Game Warden，沒有權力沒收你的魚竿。你可以去法庭告他，他一定完蛋的！」我聽後想了一下，微笑著對Mr. P說：「多年下來，大家都是老朋友了，何必那麼認真呢！」我私下想，就算我和老王的魚竿、魚換回兩張罰單罷了，我看Mr. M是不敢再寄罰單給我的。果然我再沒有收到Mr. M寄來的罰單。

　　一晃好幾年過去了，我又到Academy去買魚鉤，見到Mr. P正在與一位警官談論有關槍支事項。Mr. P向我介紹，說你們應該是相識的吧？我一看就是Mr. M。他親切地與我握手，同時說道：「Frank！好久沒見到你了，怎麼你不去釣魚了嗎？」其實我這些年經常去，但只向西邊走，而不再到東邊的禁區去了。我乃問他：「的確，好久沒去你的地盤釣魚，不知現在一張罰款要多少錢了？」他笑著對我說：「那還不容易搞清楚嗎？你下次來試試就會知道了！」

與蒼鷺為友

在小溪釣魚時經常會見到蒼鷺（Heron）站在水邊等著機會捕捉小魚。蒼鷺很有耐性，往往站著很久不動靜靜地等待。但牠們對人總有戒心，老是離得遠遠的。

去年（2017年）有一次我釣到一條只有九又四分之三英寸的鱸魚，較法定底線的10英寸差一點，不可以留下。我見到對河遠方有一隻大蒼鷺，於是把魚甩到牠的附近。這隻蒼鷺隔著十來米，非常懷疑地看著那條魚，但久久沒有做任何動作。最後突然飛起，迅速地俯衝咬住那條魚後掉頭飛到五十來米之距的河邊，才開始吃魚。牠這個機靈的舉動令我們在場的人都十分驚訝。

第二天我去釣魚，見到這隻蒼鷺又守候在對河，而且比較接近我了。正好我釣上一條魚，雖然尺寸遠超過10英寸，我決定不留下來，遂甩到對河離牠較近之處。這一次牠一點也沒猶豫，立刻慢慢走過去，用嘴銜住魚，然後一步步走到河邊。牠把魚浸到水中，晃了幾下，把沙子沖掉，然後一大口就把整條魚吞了下肚。

第三天我再去釣魚，牠已在河邊等著我。見我來了，走得更近了一點。這天我又餵了牠一條大魚。

第四天我去時，發現居然有四隻蒼鷺在等我，大概牠把這個消息告訴牠的夥伴了。但當我釣到魚，甩過河的時候，牠先不去咬魚，而是翻過身來把其他三隻蒼鷺趕走，再回來

吃魚。

我有一天拿了冷凍過的海魚去餵牠，牠勉強地吃了一條，第二條就被牠丟到水裡去了。這個蒼鷺還是很挑食的。

倒是有一天我見到另一隻蒼鷺站在與我同一邊的河岸，我好心地把一條魚甩給牠。這隻蒼鷺以為我要攻擊牠，嚇得展翼而逃。牠對我毫無信心。

我一連餵了原來那隻蒼鷺十條魚，牠走得離我也越來越近，一點也不怕我了。最後季節完了，沒有鱸魚了。我看著站在不遠的牠，說道：「Bye-Bye，明年再見！」與牠道別而去。

兩周後我開車經過小溪橋頭，那時已沒有鱸魚可釣，但還有一兩個人在那釣鯰魚。有位年輕人對我說：「你那個蒼鷺朋友，前幾天都在這等著你！」

我在村裡的小湖邊從來沒有見到過蒼鷺。只是在這年鱸魚季節結束後不久的一個下午，我正在湖邊餵鴨子、小鳥、魚、鱉，突然見到來了一隻約有四英尺高、翼展五英尺的灰黑色蒼鷺。當時把我嚇了一大跳，我懷疑牠是來「找我的」（第117頁：蒼鷺與大白鷺鷥）。這的確是個奇妙的故事。

時光荏苒，這個冬天又到了鱸魚回游的時際。我也每天去小溪垂釣，見到天上飛翔的鳥使我不油地想到我這個蒼鷺朋友是否還活著？牠是否會回來看我？最初有幾天見到幾隻蒼鷺，但也不知其中是否有牠。終於等到一天，我見到一隻蒼鷺站在去年最初牠見到我時的位置。我拿出一條魚，扔了過去。只見牠慢慢地走過去，銜起魚走回河邊洗一下，然後就一口吞了下肚。我非常高興，肯定我的老友沒有忘記我，

牠又回來了。就這樣牠幾乎每天都在陪我釣魚，我也每天都餵牠一兩條魚。有時我到上游一公里遠的地方釣魚，牠也飛來找我，看我釣魚，等我餵牠。有幾次我見到牠自己也抓到很大的魚，一口就下肚。最後，鱸魚回游的季節過去了，我看明年牠還會不會像「西風的話」所說的「又來看我」？

　　子貢問政，孔子告訴他：「民無信不立！」這個蒼鷺的故事告訴我，蒼鷺和人一樣，如果你不能取得牠的信任，就什麼都談不上了！

左：我的蒼鷺朋友陪我釣魚
右：蒼鷺在河邊把魚洗乾淨再吞下肚

絕路逢生

在釣魚的生涯中往往會碰到一些意外、驚險的事件。譬如無論是海邊還是河邊，我就曾多次駕車陷在泥沼或沙灘裡。但總能絕路逢生，化險為夷；也遇到幾許感人的故事。

有一次我獨自到Bolivar半島釣魚，在海灘上失慎，車子陷在沙灘裡，試了一陣，愈弄愈糟。當時正在漲潮，過一陣車子就可能要進水了。海邊又四處無人，我遂立即走出海灘，到旁邊的公路去招手求救。不久有輛車子停了下來，這位好心人把我帶到附近小村落中的一個修車店。修車店主告訴我這幾十英里內只有一個拖車服務的人，但這位仁兄經常喝酒昏睡。店主替我打了個電話，果然無人應答。我想糟了，這仁兄還不知道何時可以醒來？但潮水不等人，再半個小時就不妙了！

正在此時，路過一輛皮卡（Pickup truck），停了下來。車主見我一臉驚慌，就教我上他的車，跟他走。我上車後，他告訴我在這附近車子陷在沙灘裡，很不好辦。因為唯一拖車服務的仁兄是個醉鬼，而此地的法規言明任何其他人不得替別人拖救陷在沙灘的車輛。小地方怪事多，為了一個酒鬼的飯碗還訂下這個怪招。他告訴我他有鏈條，救我的車子脫險問題不大，但警察執法盯得很緊！他又對我說，萬一碰到警察，我就一口咬定我是他的表兄弟，自家人幫個忙，警察就會通融的。但他白臉黃髮，我黃臉微白髮，和他

實在太不像表兄弟了！我正在猶豫，不時就到了海灘，看看海潮，也就離車子只有一兩米遠了。 他把我的車和他的車用鏈條接上，車一發動，幾秒鐘我的車子就出了陷沙。我再三感謝他，與他道別。其後多年來，我每次去Bolivar半島釣魚，經過這小村時都會想起我這位「表兄弟」。

又有一次我到「小溪」去釣魚，想停車在一個工地旁。一不留意，車子陷在泥裡。 輪子打轉，走不出來。那天是假日，四顧無人。工地乃是正在建一個新的小學，我遂跑到施工的房子裡面，居然看到幾個工人，我向他們求救，他們帶我去找一個小矮子。此人不大會講英文，大概是「非法移民」。我問他有沒有鏈條可以幫我拖車。他說沒有，但拿出一串起重機用的重型大鋼鏈，我想殺雞用牛刀，也可以！我又問他有沒有皮卡，他大概聽不懂，一直搖頭，但說了個字，不知是否是西班牙話，我聽不懂，但顯然他有個東西可以用。他比比劃劃，教我先回到我車邊等他。

我回到陷在泥裡的車邊，等了好一陣沒有動靜，我猜他可能是語言不通，搞錯了，不知我所求何意？正在我納悶之際，忽然聽到後方隆隆作響，回頭一看，可把我嚇了一大跳，一個龐然大物的推土機來了。他將我的車綁上大鋼鏈，只一拉我的車就出了泥地。我一再謝他，送他幾十塊錢，請他去買些啤酒喝，他卻怎麼都不肯收，最後我塞在他衣服裡，與他道別而去！

這次遇險後不久，我又駕車到小溪去釣魚。未料前夜下了場雨，道路泥濘，我的車子又陷在土路中。當時旁邊正好有三個可能也是「非法移民」的墨西哥人在對河釣魚，我

向他們求救。他們走了好長一段泥濘的土路，替我挖泥、推車，弄了二三十分鐘，還是沒能把我的車子推出泥堆。結果他們打電話給十幾英里外的親戚，過一陣來了位女士，還帶了兩個幼兒。她的車是四輪帶動（4×4）的大型皮卡，馬力十足，在泥濘中行駛自如。他們用鏈條接上我的車子，在泥濘中拖著走了兩百多米，總算把我的車子拖到大路上。我向他們道謝，並掏出幾十塊錢請他們替孩子買些糖果，各自喝些飲料以解辛勞。他們的淳樸、誠摯令我感動不已！不禁令我想到Trump要把所有非法移民趕走，恐怕美國有很多勞力、農業的事就不好辦了！

左：墨西哥人用推土機把我的車從泥地拉出來
右：墨西哥人用四輪帶動車把我的車從泥地拉出來

天氣、水流、時間

在小溪釣魚受到天氣、水流和時間的影響與海釣有相似之處，但也有一些差異。

在整日的時間裡，一般在清晨或黃昏較好，主要是魚群在這時覓食，同時陽光較弱，魚會游到水較淺的地方。但也不盡然，因為小溪的空間有限，魚的活動範圍不大，溪水也不很深，有時整日都能上鉤。

太冷的時候比較不好，譬如冬日清晨溫度還沒從夜裡的低溫回升，有時需等到九點鐘才有魚活動。在冬天因氣流產生溫度變化的時候，往往是魚群向深水的湖中遷移出進的時候，只要有魚群遷移都是釣到很多魚的好時機。

水流太快、太急，一般不太好，特別是大雨後水裡有許多樹枝、雜物，就很難釣到魚。水太渾的時候，釣鯰魚尚可，但用假餌釣鱸魚就不行了，因為魚看不見你丟下去的假餌。這時如用在小溪中撈起的草蝦（Grass Shrimp）作餌，有時就能釣得不錯。

風浪太大的時候，魚都躲在深水不活動，就難釣到。這和海釣相似，大概風速超過每小時15英里，你就很難釣到魚了。

另外在小溪釣魚，當天或前夜電廠有沒有從河裡引水也是個重要因素。因為每當引水時，溪水流動，魚就會逆流而上產卵、交配，小溪中滿是魚群，是豐收的好時機。久不引水，魚群都回到湖裡，釣魚的季節就提早結束了。

小溪垂釣感悟

　　十多年來，我的許多時光都是在這小溪畔度過了。在此我見到燦爛的旭日騰躍、西垂，柔和的月亮下山、初升；冷暖交替、朝暉夕映、風雨雷閃；溪水時漲時落，魚群時來時往；大雁長天而過，眾鳥臨溪覓食。我曾多次獨自一人垂釣寒溪，河水蜿蜒，兩岸青蔥，前無古人，後無來者，寧靜以思遠。這世界萬物是如此的有序。

　　我沿著這小溪尋索、垂釣，有時由下游而上，有時由上游而下，足跡遍及全溪可釣之處，魚巢徑道瞭若指掌。在這蜿蜒曲折的四五公里，順的時分兩岸站滿人、車，背的時際四周空無一人。日中而市、日落而息，世情冷暖，盡在其中。多年來也相交一些朋友，大家以釣而會，從不談金錢、股票、房子、車子，只是交換垂釣經驗，當日行情。大多數都是和善相讓，攜手互助，真摯人情洋溢；卻也有少數自私相爭，欺騙偷竊，顯露人性醜陋。由釣品見人品，屢試不爽。

　　我曾在溪邊見到黃昏時分、河畔高崗上，父母攜著幼童兒女，提著魚竿、漁網和滿載的魚桶緩緩漫步回家。天倫之樂映照在長空晚霞之下，益增風采、情意。我曾見到一位父親帶著兩歲的幼兒垂釣，結果發現這孩子的魚竿並沒有鉤子，這父親對我說：「我只是希望他能學到釣魚之甜美！」我也曾遇見一位先生帶著他緊抓著魚竿的瞎子弟弟，他告訴我：「我要他也能體會釣魚之喜樂！」

　　我有幾位信佛的朋友勸我不要殺生，不要再去釣魚。但我的理念認為萬物相生相食乃天地之道，乃不可抗逆的真理。人只是萬物之一，今日你食禽獸魚鱉以求存，他日你化為塵土，滋潤大地，禽獸魚鱉也賴之生息。但釣魚不可殘害，越軌。人必須體天法地，這個世界才能走向和諧！

　　也有許多朋友對我說：「當你握著魚竿，感覺到有一條大魚上鉤，開始收線時，肯定是你釣魚最快樂的時分。」但我告訴他：「你肯定沒有釣過魚，因為釣魚最大的樂趣和真諦就在於『等待與希望』！」

　　「等待與希望」是釣魚最真切的意義，那一個人的人生又不正是如此呢？

Lake Sommerville

　　Lake Sommerville是釣白鱸魚（White Bass）和Crappie的好地方。我曾去過好多次，多數是在夜間，到湖北面的Birch Creek Unit，那裡有一個伸展平臺，是釣Crappie的好地方。

　　二三月是季節高峰，平臺上擠滿了人，大多是中國人。往往可以釣到很多相當大的Crappie。有時也能釣到白鱸魚。但一般釣白鱸魚是在大湖岸邊或走到淺水向深水甩線，據說逢到季節高峰期往往都是豐收。

　　在湖的南岸有一些小溪，也是釣鱸魚的好地方。季節高峰時會有很多人。

　　Lake Sommerville距離休士頓較遠，需開車一個半鐘頭以上，以致除非與朋友結伴，我很少跑那麼遠去。但那裡距Texas A&M大學很近，只需半小時車程。很多該校的中國學生都到那去釣魚。

　　Crappie和中國的桂魚、桂花魚有點像，但是完全不同的魚種。在美國沒有桂魚，而中國也沒有Crappie。

Lake Sommerville

Lake Livingston及其他

Lake Livingston是個很大的人工湖，那裡釣魚的條件很好，可以釣到鱸魚、鯰魚等許多種類的魚。我曾去過一兩次，因為離休斯頓約兩小時車程，我近年很少再去了。

Lake Conroe也是休斯頓北面，一個半小時車程之距的大型人工湖，幾十年前我曾去那裡釣草魚和鯰魚，近年也很少去了。

Lake Texana在休斯頓西南，沿59號公路開車約一小時。那裡有個州立公園，我曾跟朋友去釣Crappie。還釣到不少。

Eagle Lake位於 Sugar Land之西，沿90號公路開車約50分鐘可到。那裡有一個小公園，其中有一條小溪流到湖裡，每到季節在那可釣到鱸魚。另外向南有一條路通到湖邊。到那可釣到鱸魚、Crappie和鯰魚。我幾年前曾去過幾次，成績尚可。

$\dfrac{1}{2} \bigg|$
$\dfrac{3}{4} \bigg|$

1：Lake Livingston
2：Lake Conroe
3：Lake Texana
4：Eagle Lake

第七章：德州海釣

▌Galveston Seawolf Park

　　德州的海岸漫長曲折，島嶼如鏈，墨西哥灣遼闊，釣魚的好地方很多！但依我個人的經驗，如果要在休斯頓附近釣到海魚，特別是新手，最容易的地方就是在蓋文斯頓（Galveston）旁邊離島——Pelican Island上的Seawolf Park。因為那裡位處Galveston Bay出海、船隻航道海峽（Ship Channel）與海灣運河（Gulf Intracoastal Waterway）交界之處，是魚群遷移的十字路口，乃是能釣到魚機率最大的場所。

木橋平臺

　　在Seawolf Park也分成好幾個區域。首先是島頂端的木橋平臺（Pier），這裡有一百多米，呈T字型的木橋，也是運河與Galveston灣海流、潮汐移動的要衝，在此過道的魚很多，種類也多。

　　一般人大多來平臺在夜間釣魚。一方面由於白天太陽太曬，不太好受，另一方面乃是魚群總是在夜間十分活躍。我經常去那，或是獨自前往，或帶一些年輕的新手。大多次都是豐收，最多一次弄到257條魚，我用推車拉到車旁，抬不

起來，等了十幾分鐘見到有人過來，才請他們幫忙，一起抬上車。

　　這裡釣到最多的是Sand Trout。整年都可釣到，但秋季最旺，魚個頭也最大。我曾釣到過16英寸長的，夏天釣的多在10英寸以下。老美對這種魚不太重視，所以沒有限量與尺寸規定，隨便你釣多少。其次每年秋天會有很多小黃魚（Croaker），和臺灣的小黃魚相似。大多小於10英寸。但有時運氣好，也能釣到較大的。我去年（2017年）就曾釣到一些14英寸的。

　　另外我還在那裡釣到過帶魚（Ribbon Fish）、鯧魚（Pompano）、Crevalle Jack、Perch、Whiting、Ladyfish、比目魚（Flounder）、Red Drum、Black Drum、Speckled Trout等等，有時還釣到Spanish Mackerel和鯊魚（Shark）。最討厭的是釣到Gafftopsail Catfish（海鯰魚），不好吃，身上有三個大的魚鰭，銳利無比，被戳在手上，會放出毒素，令人麻木難受。這種魚大多人都是把牠丟回海裡。

　　在Seawolf Park，不論白天或夜間，安全無慮。木橋上有燈，夜釣不必自備燈火。而且也沒有蚊子，很舒服。但到了高峰期，經常人太多，擠得橋上滿滿的。甩出去的線常會與別人的線纏在一起，需花很多工夫解開。偶爾會遇上一兩個釣品很差的仁兄，我也見過有為了搶位子而爭吵的。近年來有許多中國年輕人去橋上釣魚，也有些越南人，其中不乏垂釣高手。

船隻航道海峽（Ship Channel）

Seawolf Park南部隔一個海峽與Galveston本島相望。這個海峽也是Galveston港口的遊輪、貨輪停泊和進出港的航道（Ship Channel）。航道中水很深，是許多魚類遷移的要道。在那裡原有一個小的伸展臺，兩年前又把停車場前的海灘修建為有欄杆的海岸步行道。

站在岸邊的岩石上，或伸展臺、步行道向航道甩線，可釣到很多Sand Trout、Croaker、Red Drum等等。許多人夜間自備發電機打燈照海面來釣Speckled Trout（鱒魚），收穫頗豐。但這裡如用沉釣，因為水底有許多石頭及眾人釣魚留下的障礙物，新手甩線很容易被掛底，往往必須放棄魚鉤及鉛錘。

兩旁淺灘釣比目魚

Seawolf Park西北以及西南的淺灘是每年秋季比目魚遷移必經的要道。每當此時，淺灘中都站滿了穿著隔水衣的人群在那裡釣比目魚（Wade Fishing）。

我釣比目魚的實踐經驗不夠，很少去，只釣到過一條。不過據說只要有耐性，往往都是豐收。

近年來因為釣的人太多，為了環保，德州法定的每日比目魚極限為五條，但在十一月和十二月上半月比目魚遷移高峰期，每天只准拿兩條。

上：Galveston Seawolf Park
中：Seawolf Park的伸展平台
下：Pelican Island與 Ship Channel

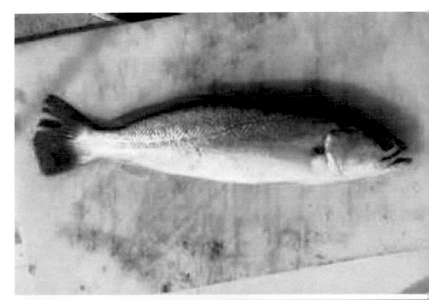

上：sand trout
下：Croakers

61街平台

在Galveston本島Seawall Blvd的海灘也有幾處釣魚的好地方。最多人去的是61街平臺（Pier）, 是一個伸展到海中,離水面很高的木造平臺。

這個平臺吸引了不少釣魚的人,天氣好時經常擠滿了人。我去過許多次,釣到一些Sand Trout,Croaker,Whiting等等。

許多人在那裡釣眼斑擬石首魚（Red Drum）,往往有三英尺長。依德州法規,用Couple每年一人可拿一條超過28英寸的石首魚,再花三塊錢加一張Couple,可再拿一條。

另外在71街也有一個平臺,據說也不錯。但據我的經驗,本島這兩個平臺比不上Seawolf Park。

▌61街伸展平台之一

61街伸展平台之二
71街伸展平台

Bolivar半島

　　Bolivar半島位於Galveston本島隔海之東，由Galveston搭渡輪約十五分鐘抵達。這個半島上有許多海邊的住家、別墅，卻也是颱風經常侵襲的地方。2008年，Ike颱風從那裡登陸進襲休士頓。結果把這裡清掃一空，其後逐漸重建。

　　這個半島上有許多釣魚和釣螃蟹的好地方。北堤防（North Jetty）是一條人工修築長達四英里的長堤，是為保護Galveston及內灣船隻進出航道而建。那裡是釣螃蟹的最佳場所。幾十年前，我常去釣螃蟹，往往都能釣到近百隻。近年地貌受颱風改變，釣螃蟹的情況不及往年，但還是可以釣得不錯，只是需要沿堤防走遠點。

　　在這釣魚的人也不少，但我在那從來沒有很好的成果。在輪渡旁邊有一個長堤，經常有人在那釣魚，我去過兩次，成績平平。

　　在靠近老燈塔向北走的海灣，螃蟹和魚都很多，碰到好機運就能豐收。我有一次在夜間與幾個朋友到那裡一座廢橋上，帶了發電機照明海面，結果幾乎每桿都有，釣了近百條很大的Sand Trout。但也有一次試了很久，毫無動靜。

　　Bolivar半島上釣魚最熱鬧的地方應該算Rollover，是一個人工開鑿把內海與外海聯通的水道，每當漲潮、退潮之際，大批魚群洶湧而過，水道兩旁擠滿了人。這裡距半島的

渡輪岸口還有十幾英里，對我來說是路途遙遠，去過幾次，
但在那裡從來沒有豐收。

上：Bolivar半島與內海灣
下：Bolivar半島渡輪岸口與渡輪

上：Bolivar半島上的北堤（North Jetty）
下：Bolivar半島Rollover

▍Surfside和Freeport

　　Freeport和Surfside隔Brazos河西、東相望。在河道兩旁的海堤及海岸沙灘都是魚群來往的地方，經常是釣客滿堤、灘。這裡的魚種類很多，特別在初春是釣Sheepshead的好場所。我在那曾有不錯的收穫。

　　Surfside的內海及沼澤是產螃蟹的地方，多年前我經常去那裡釣螃蟹，收穫頗豐。在那還有的淺水地方有很大的蚌殼，我三十年前曾去試過幾次。穿著兩層襪子在水中慢慢地走，腳下有時就會碰到大蚌殼，再低下腰到水中去拿。好幾次都弄到一小桶。但有時當彎腰去拿時發現蚌殼跑丟了，才知道蚌殼很聰明，也會走動的。

　　從San Luis Pass到Surfside之間有約二十英里。這裡村落稀疏，內、外海相望，風景幽雅、寧靜。是休士頓附近最美的海灘之一。我常經過那裡在海灘上徜徉。見到許多人在海灘露營、垂釣，他們往往釣到很大的魚。

　　不過在海灘釣魚必須瞭解水底的起伏，一般如能找到水底有低谷、長槽就是魚類棲息之處。

1：Surfside 的海堤
2：Surfside 的海灘
3：Freeport和 Brazos River
4：Freeport 海灘

San Luis Pass

　　Galveston島到西邊隔了一個一兩英里寬的海峽與Surfside所在的島相望，被稱作San Luis Pass。這裡風景優美，附近有許多別墅。因為是連接內海與外海的過道，魚群很多。

　　以往在西岸邊建有一座很長的伸展平臺，經常吸引了不少的釣魚者，也成為海岸的一景。我也去過幾次，總是能釣到一些魚。只惜2008年Ike颱風來襲，把平臺摧毀。其後欲重建，一再被附近居民阻擾，至今未能開工。這有名的平臺也許永遠不會重現了，甚為遺憾！

　　海岸兩邊沙灘連綿，有許多人在那裡釣魚，而且大多站在水中Wade Fishing，成果很好。只是這裡水流很急，每年都有不太瞭解此地水性的釣客不慎被激流沖到大海中喪生。當地政府一再警告，奉勸大家小心。也影響到那裡釣魚的盛況。

▌ San Luis Pass

上：San Luis Pass海灘垂釣者多
下：San Luis Pass以往的伸展平台

Texas Dike

　　Texas Dike是位於Galveston海灣之內，Texas City海岸延伸出去的一條四英里長的人工長堤，與Seawolf Park遙遙相對。

　　這裡經常擠滿了許多喜好垂釣的人，特別是長堤的頂端乃Galveston海灣內潮汐、海流的要道，往往成為魚群必經之處，以前建有一個木造伸展平臺，成為釣魚人群密集之所。

　　我與友人曾多次到Texas Dike釣魚，經常收穫頗豐。但2008年IKE颱風來襲，平臺被徹底沖毀。其後再也沒有重建，到那釣魚需站在大石塊上，很不安全，而且甩出去的魚鉤經常掛底。我近年就很少去那釣魚了。

$\frac{1}{2}$|3

1：Texas City Dike
2：Texas City Dike頂端以往的伸展平臺
3：遠望Texas City Dike及Galveston海灣內的沉船

Matagorda、Colorado River 及河口、Palacios、Sargent

　　Matagorda鎮位於Colorado River與Intracoastal Waterway
交匯之處，從那裡可乘船沿Intracoastal Waterway、Colorado
River直通河口和East Matagorda Bay、West Matagorda Bay。
這沿途都是魚群來往的通道，自然成為釣魚的好地方。而且
這裡較Galveston距休士頓遠些，釣魚的人不及那裡擁擠。

　　我經常與Joel去Matagorda，多半在Colorado河道的交叉
口釣，屢屢豐收。

　　我也曾與友人在Colorado河口及近河口的河道釣過。在
河口有一條很長的平臺，風景幽美，常擠滿釣客。我在那的
成績也還可以。

　　另外在East Matagorda Bay海邊的Palacios小鎮歷史悠
久，海邊有一些伸展亭台，頗有風味，我曾去那裡釣過幾
次，成績還不錯。

　　位於Caney River、Intracoastal Waterway交匯附近及East
Matagorda Bay邊的Sargent小鎮也是享負盛名的釣魚好地
方。只惜我一直沒有機會到那裡試試。

上：Matagorda漁港、Intracoastal Waterway及Colorado River
中：Matagorda漁港
下：三江匯口往往是釣魚的好地方

上：Colorade河口
中：Palacios
下：Sagent

▌出海釣魚

　　從Galveston可搭乘漁船出海釣魚，其中有半天在海灣附近的，主要是釣眼斑擬石首魚（Red Drum），也可釣到其他較小的魚。我去過許多次，時好時壞。

　　其次也有一整天遠端航行去深海釣魚——Deep Sea Fishing，主要是釣Red Snaper，近年每人限拿兩條，還有其他Mackerels、鯊魚等。出海去深海釣魚，大多時間都成績不錯。

　　另外還有出海兩天的深海釣魚，可釣到不同的各種大魚。

▌左‧出海釣魚的船
　右：近海釣大紅魚

上：遠海釣Red Snaper
下：出海釣魚豐收

第八章：世界其他各地的釣魚

▌阿拉斯加Seward釣三文魚

2007年趁遊覽阿拉斯加國家公園之便，南下漁港釣魚。

漁港風情

Seward和Homer兩個漁港分別位於Kenai半島的東、西兩端，均為漁港，也是度假的地方。每當夏日總是遊客不斷。我們先到Seward，這裡是一個小型城市，海港邊有許多餐館。我們嚐了當地的Halibut，十分可口。乘船去觀賞Kenai Fjords國家公園的冰川，見到冰川由雪山而下，滿眼潔白，天海蒼藍，遠處叢林、清溪，景色壯麗。

我們又去Homer住了兩夜。Homer較Seward為大，城從山腰一直延伸到一條很長的半島上。我們先開車到北面山坡上瞭望整個城市、海灣，及對海連綿不斷的雪山、冰川。又去參觀了一個展覽阿拉斯加自然風光的博物館，最後到半島去遊覽。這個半島是一個很長的海角（Cape），其上有許多商店及出海釣魚的小港。看到很多人在海濱垂釣，怡然自樂。

來自世界最冷之地的人

在Homer見到有些人在海灘露營。雖是夏日，但黃昏之際氣溫不到華氏40度，令我感到寒風刺骨。見到一對愛斯基摩夫婦，正在海邊紮營點火。他們只穿著單薄衣服，見到我非常高興，說我是他們的親戚，因為他們和中國人同屬蒙古種，祖先由北亞遷此。我好奇地問他們穿那麼少，怎麼不怕冷？他們對我說他們家在阿拉斯加最北端的Prudhoe Bay，氣溫往往降到華氏零下80度，還經常刮著大風。但他們出外打獵，滑冰，戶外活動不斷。他們與常人很不相同，不怕冷，很怕熱。這幾天到這阿拉斯加南部來度假，白天有六七十度，晚上也近四十度，可把他們熱壞了！這對夫婦是我一生遇過的來自世界最冷之處的人。

阿拉斯加是釣魚的天堂

阿拉斯加地處寒帶，海灣曲折、河流交錯、湖泊星布，加之地廣人稀，是世界上釣魚最好的地方之一。總共有436種魚，其中有384種海魚（Saltwater），52種河魚（Freshwater）或回游河水產卵的魚（Anadromous）。最主要的幾種魚是Trout、Salmon、Halibut、Rockfishes、Greenlings等等。

我非釣魚老手，只是頗有興趣。友人多次邀請我同去阿拉斯加西北紮營，釣Rainbow Trout，均未能成行。此次旅途中駕車經過幾處溪流，見到許多人站在水中Fly Fishing，釣Trout或回流的Salmon，也見到許多駕小船倘佯河上的垂釣者，風味十足。我本計畫去釣一次Halibut，在Seward已訂好

了一個船位。但前一天船商來電話通知，天氣預測次日外海風浪過大，不能出航。但內海釣Salmon可以成行，於是我就改釣Salmon。

阿拉斯加的Salmon共有五種：Coho（Silver）、Sockeye（Red）、Chum（Dog）、Pink（Humpback、Humpy）及Chinook（King）。Salmon是在河溪上游產卵，但大多生活過程在大海中。最後回游到出生地產卵、死亡。我們開車去Seward的路上經過一個河的出海口，見到水中站滿了釣魚的人，這時肯定是Salmon回游季節。

我們先到Seward，一大早我就趕到漁港碼頭登船。那艘船可載八個釣魚客及兩個駕船及導遊的人。我們在海上航行了一個小時，到達幾個小島旁。那裡已有二十多艘小艇，都是載著釣魚客。顯然這是個好地方。導遊停船下錨，魚竿都替大家準備好了，魚餌是用整條約四五英寸長的Herring。海上風浪不小，非常冷，船搖晃得很凶，所幸我已在耳後貼了暈船藥，沒有暈船。

沒多久，同船的有兩個人釣到了魚。但大多數包括我等了約十分鐘還沒動靜。導遊乃起錨另找地方。同時他告訴我，那裡水深約200英尺，我剛才把線放得太深了。應該只放到約30英尺，那裡是Salmon最活躍的深度。約十分鐘，導遊又停船下錨。我遵照他的指導，放了30來英尺的線，立刻就有魚上鉤。看樣子還不小，拉得我滿費勁的。出水後導遊用長鉤子拉上船，一看足足有兩英尺多長。接著每個人都有收穫、頻頻上鉤，導遊忙著替大家拉魚上船，去鉤換餌。他們手快腳快，技術純熟，而對這一帶海域中魚的動向瞭若

指掌。我一連釣了六條大魚，達到了法定許可的個人、單日釣Salmon的最大極限，就停竿休息了。不到一小時全船八位釣魚客都滿載了。原來計畫一天的旅程，不到正午就圓滿結束。

回航中導遊替大家處理魚。老美個個都要魚片（Fillet），一條魚大半都丟掉，十分可惜。我只請他們刮鱗去腸，留了全魚。登岸後找到一家冷凍魚的商行，把魚冷凍並放在真空塑膠袋中。登機前取出，用報紙包裹，放在行李箱裡，一部分托運，一部分直接手提。二十四小時後回到炎熱的德州，猶是冷凍堅實。這些阿拉斯加的Salmon沒有魚腥味，美味非其他地方的Salmon可比。

我在Homer海邊見到一船出海釣Halibut的旅客滿載而回，個個都釣到幾十磅的Halibut，也有許多小的Flounder。這兩種魚都是在海底生活的，兩眼在一面，魚身是一面白，一面青灰。釣Halibut用的鉛錘其大無比。

Homer有很多家出海釣魚的商家，各式各樣的廣告，主要是釣Salmon、Halibut、Rockfishes，還有Greenlings。大多是一整天的行程，偶爾也有半天的，很多家都說保證釣到大魚。我們在Talkeetna小鎮及駕車沿路都見到許多到河溪釣魚的商家，主要是釣Trout，也有Salmon。可見阿拉斯加真不愧為釣魚的天堂。

上：阿拉斯加Seaward釣三文魚
下：三文魚豐收

阿拉斯加Homer釣魚

南下Homer釣魚

　　2012年仲夏之際，我與老妻會同幾個朋友前往阿拉斯加遊覽，先到北極圈內，再折返Fairbanks。次日一大早我們就上路，當天要從Fairbanks趕到Homer，這一程約有580英里，路況有好有壞，天氣也時雨時晴。所幸我們數人輪流駕駛，不覺勞累。途中我們見到樹叢裡的母熊盯著坐在路旁的兩隻初生的小黑熊。其中一隻還不到一英尺長，就像孩子的玩具一般，十分可愛。午後過了Anchorage，沿著海邊而行，大海、群山、冰川，這裏的風光美麗無比。過一小溪口，水中、河邊站滿了釣魚的人，想來正是三文魚回流產卵的時節。經過幾個小鎮，都是釣魚與旅遊的據點。清澈無比的溪水中，三三兩兩垂釣者挺立自得。黃昏時分抵達Homer。

　　Homer位於Kenai半島的南端，被稱作「路的盡頭」（The End of the Road）、「海濱廣闊的小村」（The Cosmic Hamlet by the Sea）。但最重要的乃是以「世界釣大比目魚之都」（Halibut Fishing Capital of the World）著稱，這當然也是我們來此最重要的目的。

　　Homer是個只有五千多居民的小鎮，但占地開闊。我們住的度假村滿園鮮花，面對海灣及對岸的山巒與冰川，風景怡人。海灣內有一個延伸到海中7.2公里長，稱為Homer Spit

的岬角（Cape）。那裏的碼頭停泊了幾百艘大大小小的船隻，還有許多商店、餐館及出海釣魚的公司，乃是本城最吸引遊客的地方。

岬角邊有許多遊客露營、垂釣。其中有一個被稱為Fishing Hole的人工小海灣，許多人在那釣魚，只見三文魚不斷飛躍，但很少上鉤。原來這些魚在產卵、交配，顧不上進食吃餌了。

釣三文魚──Salmon Fishing

我們花了一天去釣三文魚（Salmon）。一大早六點多鐘就趕到碼頭，船長駕的是自己的船，內艙可容六個乘客，也就是六個釣魚客。離開港口後，小艇在大海中急駛，大約走了一個多小時，船長停船下錨。替大家綁上五六英寸的鯡魚（Herring）做餌，教大家將線放到約三十英尺深。很快三文魚就紛紛上鉤，都是約三十英寸長的。

我們釣的都是Coho（Silver）三文魚，但也釣到一條Pink Salmon。當天風平浪靜，雖然那裏水深有180英尺，但三文魚都在30英尺或更淺的水中活動。顯然船長是識途老馬，在汪洋大海中找到最好的地方，大魚得以頻頻上鉤。本來計畫一天的行程，因為全船的釣魚客在短短一兩小時就都釣到限量，大家就滿載而歸了。

阿拉斯加釣魚的規則因地而異，譬如在Seward，每人每天限釣六條三文魚，而在Homer，每人每天只能釣三條。另外釣King Salmon的限量也因地因時而異。

釣大比目魚──Halibut Fishing

我們有兩天出海去釣大比目魚。第一次天氣很好,海上風平浪靜。我們在海上航行了約一個半小時,在大海中找到一塊窪陷,水深有兩百英尺。船長停船下錨,替大家裝上八爪魚、鯡魚或其他捕獲的新鮮魚做餌,鉛錘就有一磅半重。大家把線一直放到兩百英尺深的海底,然後提升兩三英尺。不多久大比目魚就紛紛上鉤。但拉起來非常吃力,一來是魚重都是十幾或幾十磅,而且要從兩百英尺的水底拉上來,費時費力,回家後手臂酸痛了好幾天。

阿拉斯加的大比目魚屬於Pacific Halibut,在600到1500英尺水深處產卵,當初生幼苗時,有一隻眼睛移到上方,是以兩眼朝上。幼苗被海潮帶到近海的淺水區,在那裏生活兩三年後再游到深水區,一般在海底活動,最後在深水產卵、交配。

這裏的規則是每人每天可拿兩條,一條是小於29英寸,另一條超過29英寸。大致兩小時後,大家都達到限度。另外還釣到些鱈魚(Cod)、鯊魚、Sculpins及Skates,但這些魚大多被丟回海裏,僅留了少量鱈魚,還有的小鱈魚切來做魚餌。下午一點,我們就回到港口。

但第二次,也就是最後一天,天氣不太好,烏雲滿布。船走了約半小時,船長找到一個較近的海域,水深達180英尺,大家開始垂釣。當時海上風浪不小,船搖晃得很凶,我們還見到附近海上鯨魚騰躍,浪花激起。天氣雖不理想,但大家還是幾乎釣到限度,時近中午就滿載而歸了。據報,當

天較晚出海的遊客都沒能釣到太多的魚。可見天候乃是釣魚好壞的最重要因素之一。我們十分幸運，三天時光大家釣了三四百磅魚，可謂不虛此行。所獲鮮魚，經真空包裝、冷凍後用行李托運，抵家時猶冰凍如初。釣大魚之開懷，令人回味不已！

左：阿拉斯加幾十磅重的大比目魚
右：滿載而歸

冰島釣鱈魚

　　仲夏之際，老妻與我前往冰島遊覽。冰島的支柱產業是漁業，「冰島漁夫」聞名天下。既然來了冰島，當然不能放過做一次「冰島漁夫」的滋味，於是我與老妻預定了一個三小時的「近海垂釣」之旅。

　　下午6點到了碼頭，總共七個遊客，加上一個老人駕船和一個僅十一二歲的小孩作為釣魚嚮導。當日天氣陰涼，在船上衣服穿得很厚，帶上毛線帽，出了港還是覺得冷。

　　船走了不久，小孩就叫下錨，他拿出幾條小鯡魚（Herring），切成幾塊作魚餌。每人發一根魚桿，他教我們放約30米的線到海底。老妻從不釣魚，這次還是勉為其難地上船的，誰知她一放下線就有魚上鉤，拉起來一條20多英寸的大鱈魚（COD），不一會人人都有了收穫，都是20幾英寸的鱈魚。老妻又釣到一條約30英寸，為此行全船最大的收獲。那小孩嚮導看起來不起眼，還真有兩手。兩小時餘，大家滿載而歸。

　　釣魚一樂，吃魚也是一樂。我們將六條大魚帶回旅館，放在冷凍箱裏幾天，臨上飛機前用玻璃袋外包了多層報紙放在行李箱內，一部分托運，一部分隨身攜帶。20多小時後到家打開，猶是冰凍完好。（註：帶魚類過海關沒問題。）

　　我們到北端的Stykkisholmur小鎮，登上遊艇出海觀賞海灣景色及棲息於群島上的候鳥。這裏雖風寒地凍，但每當夏日，許多候鳥由南方飛此避暑。我們見到許多珍貴的鳥群在

懸崖峭壁築巢自得。回望沿岸雪山崢嶸，海風襲人，嚴寒無比。看到幾處佈滿玄武岩的小島，與澎湖的桶盤嶼頗為相似。這裏的玄武岩有直立、斜傾，還有層狀的結晶。最為別開生面的乃是船員們下網到海底捕集了大量的海蚌、海膽、海螺、海星等海味。他們當場開殼請遊客品嚐生海鮮，起先我不敢吃，試了一個乾貝（Scallop），覺得十分可口，於是一連串吃了不少。這寒帶、深水的海產清潔無腥，是我嚐過的最佳海鮮之一。這次海上現場的海鮮之宴也是我首次遇到，感到很新奇，我們和全船旅客都十分開懷。

左：冰島釣鱈魚其樂無比
右：冰島海灣別開生面的生海鮮大餐

海參崴品嚐帝王蟹與釣石斑魚

仲夏之際，老妻與我前往海參崴遊覽。海參崴海灣曲折、島嶼連串、海域廣闊，是以海鮮豐富，有大比目魚（Halibut）、三文魚（Salmon）及帝王蟹（king Crab）等，均美味可口。

正逢上每年兩周的帝王蟹上市季節，全市帝王蟹半價。老妻與我在旅館的餐廳要了一份活生生、三四磅的帝王蟹，只花了三十多塊錢美金，清蒸上桌，色香味俱全，味道不同凡響，與以前吃過的帝王蟹大不相同，新鮮與烹飪手藝見高低也。

我們第二日趕往俄羅斯島的Noviky灣，登船進入東博斯普魯斯海峽（Strait of Eastern Bosphorus），穿過潔白高聳的俄羅斯大橋，在彼得大帝海灣下錨泊船，開始放線釣魚。那裡水深近40米，當日晴空萬里、風浪微和，海上已有幾艘垂釣船隻，遙望符拉迪沃斯托克半島與俄羅斯島，愜意非常。約兩小時我們釣到兩條魚，大概是石斑魚（Rock Fish）；雖不為豐收，卻也領略東北亞垂釣風情，不虛此行！

上：海參崴海釣
下：海參崴的帝王蟹

加勒比海Half Moon Cay, Bahamas 釣石斑魚

　　我於2008年去了一個加勒比海的遊輪旅行。當抵達Half Moon Cay, Bahamas 時，我參加了近半天的釣魚節目。那是一次拖線釣魚（Trolling Fishing），乃是在船上放幾條線下水，船一直在海中航行引魚上鉤。

　　那天釣魚的連我只有兩個人，我們的小艇在海底礁岩（Reef）之上來回穿梭。結果釣到三條五六磅重的石斑魚，成果不錯，也領略了加勒比海垂釣的滋味。

左：加勒比海Half Moon Cay, Bahamas
右：Half Moon Cay, Bahamas托線釣石斑魚

毛里求斯釣大藍旗魚

　　毛里求斯（Mauritius）的海域有許多種大型的魚類，譬如藍旗魚（藍馬林魚、Blue Marlin）、黃鰭金槍魚（Yellowfin Tuna）、虎鯊（Tiger Shark）等等，當然還有其他許多體型較小的魚類。我以前從沒有釣過這類的大魚，這次機會難得，於是打算安排一次出海釣大魚。

　　據住在當地的企昭表妹說在此出海釣魚包船費用昂貴，而且海上風浪很大。我有一天清晨早起，到海灘散步，一面撿拾海灘上的碎珊瑚，一面眺望海景，正好遇到一個當地的居民，我問他在海邊可不可以釣到魚，他告訴我出海釣魚的機會多些。原來他就是帶人出海釣魚的師傅。他出的價錢也很公道。我遂與他談妥，過幾天一大清早，老妻與我就搭上他的漁船駛向外海。

　　這艘船上有一人駕船，另一人負責替我們放線釣魚。我們從船上放下六條約50米到100米的線作拖線釣—— Trolling Fishing，用的魚餌是帶鬚的大型人工魚餌，線是130磅。

　　船走到距岸有十五公里的海域，那天天氣很好，但海浪很大，我們的船在海中顛簸很厲害。海水深藍，波濤起伏，我們一直在海上打轉。偶見許多鳥群，師傅告訴我們那裡會有小魚。因為我們志不在此，也就沒有在那停船下鉤。海面偶見一兩艘船隻，可能也是在釣魚的。

　　師傅換了幾次線。我們在海上走了四小時，卻一直沒有大魚上鈎。近午時分返航。此次雖沒能釣到魚，到也領略到乘風破浪在遼闊的大海中尋捕大魚的滋味，的確不同凡響。

上：毛里求斯釣大藍旗魚
下：釣大藍旗魚用的魚餌

▎毛里求斯釣帝王魚

　　我們在毛里求斯花了一整天去東部海邊。先乘車到一個小港——Trou d'Eau Douce，在那登船向南航行，這一帶的瀉湖十分美麗，當日天氣晴朗，溫度適中，海風迎面怡人。

　　到達一個河口，我們換乘小艇沿河而行，河岸草木青蔥，有一些別墅，最後抵達河的源頭，那是一個落差十多米的瀑布，頗具風格。

　　返航中停船，大家下水游泳，海流很急，但在水中十分舒服。船上午餐後我們就駛向Ile aux Cerfs小島。

　　在航行中，經過一些珊瑚礁，水手們拿出一根魚竿，甩線釣魚。我遂借來一試，未料沒多久就釣到一條約七磅重的帝王魚（Kingfish）。這次釣魚很輕鬆舒暢。

毛里求斯釣帝王魚

語言文學類　PG2017　旅人系列08

小千世界

作　　者／卜　一
責任編輯／杜國維
圖文排版／楊家齊
封面設計／蔡瑋筠

發 行 人／宋政坤
法律顧問／毛國樑　律師
出版發行／秀威資訊科技股份有限公司
　　　　　114台北市內湖區瑞光路76巷65號1樓
　　　　　電話：+886-2-2796-3638　傳真：+886-2-2796-1377
　　　　　http://www.showwe.com.tw
劃撥帳號／19563868　戶名：秀威資訊科技股份有限公司
　　　　　讀者服務信箱：service@showwe.com.tw
展售門市／國家書店（松江門市）
　　　　　104台北市中山區松江路209號1樓
　　　　　電話：+886-2-2518-0207　傳真：+886-2-2518-0778
網路訂購／秀威網路書店：https://store.showwe.tw
　　　　　國家網路書店：https://www.govbooks.com.tw

2018年4月　BOD一版
定價：380元
版權所有　翻印必究
本書如有缺頁、破損或裝訂錯誤，請寄回更換

國家圖書館出版品預行編目

小千世界 / 卜一著. -- 一版. -- 臺北市 : 秀威資訊
科技, 2018.04
　　面 ;　公分. -- (語言文學類 ; PG2017)(旅人
系列 ; 8)
　BOD版
　ISBN 978-986-326-544-3(平裝)

855   107003975

讀 者 回 函 卡

感謝您購買本書，為提升服務品質，請填妥以下資料，將讀者回函卡直接寄
回或傳真本公司，收到您的寶貴意見後，我們會收藏記錄及檢討，謝謝！
如您需要了解本公司最新出版書目、購書優惠或企劃活動，歡迎您上網查詢
或下載相關資料：http:// www.showwe.com.tw

您購買的書名：_____

出生日期：_____年_____月_____日

學歷：□高中 (含) 以下　　□大專　　□研究所 (含) 以上

職業：□製造業　□金融業　□資訊業　□軍警　□傳播業　□自由業
　　　□服務業　□公務員　□教職　　□學生　□家管　□其它____

購書地點：□網路書店　□實體書店　□書展　□郵購　□贈閱　□其他

您從何得知本書的消息？

　□網路書店　□實體書店　□網路搜尋　□電子報　□書訊　□雜誌
　□傳播媒體　□親友推薦　□網站推薦　□部落格　□其他_____

您對本書的評價：（請填代號　1.非常滿意　2.滿意　3.尚可　4.再改進）
　封面設計____　版面編排____　內容____　文／譯筆____　價格____

讀完書後您覺得：
　□很有收穫　□有收穫　□收穫不多　□沒收穫

對我們的建議：_____

_____

_____

_____

11466
台北市內湖區瑞光路 76 巷 65 號 1 樓

秀威資訊科技股份有限公司　　　收

BOD 數位出版事業部

....

（請沿線對折寄回，謝謝！）

姓　　名：＿＿＿＿＿＿＿＿　　年齡：＿＿＿＿　　性別：□女　□男

郵遞區號：□□□□□

地　　址：＿＿＿＿＿＿＿＿＿＿＿＿＿＿＿＿＿＿

聯絡電話：(日)＿＿＿＿＿＿＿＿　(夜)＿＿＿＿＿＿＿＿＿

E - m a i l：＿＿＿＿＿＿＿＿＿＿＿＿＿＿＿＿